Oscar Wilde (Oscar Fingal O'Flahertie Wills Wilde), geboren am 16. Oktober 1854 in Dublin, ist am 30. November 1900 in einem Pariser Hotel gestorben.

Oscar Wilde entfaltete seine literarische Aktivität während der Studienzeit in Oxford mit metrischen Übersetzungen griechischer Chöre, und sie endet mit seiner Dichtung der Ballade vom Zuchthaus zu Reading.

Daß der Autor etwa der *Märchen und Erzählungen* und des *Dorian Gray* ein reichhaltiges lyrisches Œuvre geschaffen hat, wird in der vorliegenden Ausgabe deutlich. Sie beginnt mit dem Gedicht »Ravenna«, mit dem Oscar Wilde 1878 den Newdigat-Preis errang, und enthält sämtliche Gedichte der 1881 von ihm herausgegebenen *Poems* sowie alle Gedichte, die außerhalb dieser Sammlung zwischen 1876 und 1898 erschienen sind.

insel taschenbuch 1455
Oscar Wilde
Gedichte

OSCAR WILDE
GEDICHTE

Übersetzt von Gisela Etzel
Otto Hauser, Norbert Kohl und
Elfriede Mund

Insel Verlag

insel taschenbuch 1455
Erste Auflage 1992
Insel Verlag Frankfurt am Main und Leipzig

Hinweise zu dieser Ausgabe am Schluß des Bandes
Vertrieb durch den Suhrkamp Taschenbuch Verlag
Umschlag nach Entwürfen von Willy Fleckhaus
Satz: Dörlemann-Satz, Lemförde
Druck: Nomos Verlagsgesellschaft, Baden-Baden
Printed in Germany

2 3 4 5 6 7 – 04 03 02 01 00 99

INHALT

GEDICHTE, DIE AUSSERHALB DER SAMMLUNG VON 1881 ERSCHIENEN SIND (1876–1898)

RAVENNA*

* Mit dem Newdigate-Preis gekröntes Gedicht, das Oscar Wilde am 26. Juni 1878 in einer Festveranstaltung im Sheldonian Theatre, Oxford, vortrug.

I

Vor einem Jahr sog ich Italiens Hauch,
Doch, nordischer Frühling, du bist lieblich auch.
Das Feld von jungen Blumen goldig blinkt,
Im zarten Lärchenbaum die Drossel singt;
Saatkrähen, wilde Tauben flattern hin,
Am Himmel kleine Wolken eilig ziehn,
Das Veilchen senkt des Hauptes zarte Last,
Die Primel ist vor Liebesgram erblaßt,
Die Rosen sprießen auf dem Kletterstamme,
Ein Mond, erfüllt von einer Feuerflamme –
Das Krokusbett – das purpurrote Blüten
Im Kreise wie ein Ehering behüten,
Und alle Blumen, die der Frühling kennt
Bei uns in England und sie zärtlich nennt:
Schneeglöckchen, die so rein zu atmen wissen,
Und ihr besternte, glänzende Narzissen.
Die Mühle murrt, ins Blau die Lerche schwebt
Und reißt die Fäden, die der Frühtau webt,
Der Wasserkönig schießt den Fluß entlang,
Ein blauer Flammenpfeil, der kühn entsprang
Der Bogensehne, aus dem buschigen Wald
Des braunen Hänflings frohes Lied erschallt.
Vor einem Jahr sah ich, wie flog die Zeit,
Zuletzt des Südens stolze Herrlichkeit,
Wo Frucht und Blüte strahlend auferstehn
Zu unerhörtem Glanz, wo ich gesehn
Die märchenhaften Früchte leuchtend glühn
Wie goldne Lampen durch das dunkle Grün.
Vollfrühling war's, reich blühten schon die Reben,
Mit lässigen Schritten zog mein Rößlein eben
Die weiße Straße hin, die Hufe klangen,
Süß war die Luft und rein, ich war umfangen
Von Pinien, die die Straße stolz umsäumten,

Und von Oliven, welche düster träumten.
Und ob Ravennas alter Größe sinnend,
Sah ich den Tag zur Dämmerung verrinnend,
Und dieser Himmel, blau wie ein Türkis,
Mir plötzlich seine Flammenwunden wies,
Bis er zu rotem Golde war verbrannt.

O Knabenleidenschaft, die ich empfand,
Als ferne noch, weiter über Sumpf und Rohr,
Die heilige Stadt sich langsam hob empor,
Mit ihrer Mauerkrone grau betürmt.
Auf meinem Rosse bin ich hingestürmt
Im Wettlauf mit der Sonne, die da sank,
Und eh die Nacht das Purpurlicht verschlang,
Das sich wie Rosen an den Zinnen fing,
Betrat ich noch Ravennas Mauerring.

II

Wie seltsam still, kein Freudelaut des Lebens
Durchdringt die Lüfte, und ich lausch' vergebens,
Daß zur Schalmei ein Hirtenknabe greift
Und ein heitre Weise lachend pfeift.
Und niemals froher Kinderlärm durchschnitt
Den stillen Tag, der lautlos weiterglitt.
O Traurigkeit, o Süßigkeit, o Schweigen!
Hier wird dem Herzen tiefste Ruh zu eigen,
Hier lebt ein Herz, von Not und Furcht befreit,
Hingleiten sieht es, stillen Blicks die Zeit.
Verliebter Lenz wird zu des Winters Schnee
Und kein Gedanke weckt entschlafnes Weh;
Hier fließt der Lethe, hier erblüht das Kraut,
Dem das Geschick geheime Macht vertraut,
Und wer es je genossen, der vergaß,
Daß einstmals eine Heimat er besaß.

Proserpina, das Haupt von Mohn umwunden,
In Lotoswiesen hab' ich dich gefunden,
Ravenna, hütend mit verblaßten Zügen
Der Toten heil'ge Asche in den Krügen.
Ward unfruchtbar an kriegerischer Brut
Auch längst dein Schoß, so hüte trotzdem gut
Die edlen Toten, die dir anvertraut.
Sie rühmen deine Ehre treu und laut.
Du kinderlose Stadt, halt gute Wacht,
Die Toten haben eine Zaubermacht,
Es wecken Träume voll Erhabenheit
Die stillen Gräber einer großen Zeit.

III

Ich seh' die Säule aus der Ebne ragen,
Wo Frankreichs kühnster Ritter ward erschlagen.
Gaston de Foix, du aller Ritterschaft
Erhabner Fürst, welch Stern hat dich entrafft,
Du Gott des Kriegs, welch unheilvolles Ziel,
An dem ein wilder Löwe kämpfend fiel.
Aus deines Lebens Lenz und Liebesfeier
Herausgerissen jäh, liegst du, vom Schleier
Des blauen Himmels freundlich überdacht,
Zu Häupten die des Schilfrohrs Lanzenwacht,
Die traurig schwankt, und Oleanderblüten
Von tieferem Rot, als jene Ströme glühten,
Die purpurn einst aus deinen Wunden schossen,
Bis dir der Tod das junge Aug' geschlossen.

Jetzt weiter nordwärts nach dem Grabmal schau,
Dem halb zerstörten. Im gewaltigen Bau,
Erichtet von der Tochter Hand; dort liegt
Im ewigen Dunkel, einsam hingeschmiegt
Nach all den Kämpfen, schwer und schauerlich,
Der große Gotenfürst Theoderich.
In Trümmer fällt sein trotzig Grab, gefeit

Hat nichts sein Bollwerk gegen Sturm und Zeit.
Es bleibt der Tod der stärkste Herr von allen,
In Asche müssen Narr und König fallen.

Groß ist zwar euer Ruhm und doch für mich,
Gaston de Foix und du, Theoderich,
Selbst du, o große Königin – wie klein
Erscheint ihr alle mir vor diesem Schrein,
Wo Dante nach des Lebens Lust und Leid
Hinüberschlummert in die Ewigkeit.
Im goldnen Schrein, der allen Lüften offen,
Ruht er, von Künstlerhand getreu getroffen.
Die feierliche Stirne frei von Sorgen
Und kühl und ruhig wie der frühe Morgen.
Die Augen, einst in Leidenschaft gewitternd,
In heißem Haß und heißrer Liebe zitternd,
Und diese Lippen, festgefügte Spangen,
Die uns die Hölle und den Himmel sangen.
Und dieses Antlitz, wie es Giotto malte,
Das mandelschmale, leidenüberstrahlte.
An dieser Stätte ward dir Ruh geschenkt,
Fern jener Stadt, wo sich der Arno drängt
Mit zauberischem Rauschen gelber Wogen
Durch breiter Brücken stolzgewölbte Bogen.
Wo Giottos Campanile sich erhebt
Und liliengleich zum Saphirhimmel strebt.
Du, der des Lebens Not und Sorge kannte,
Und der Verbannung schwere Kette, Dante,
Die allzusteilen Stufen fremder Stiegen,
Das kleine Elend, dem sie unterliegen
Die besseren Naturen und empfinden
Als bittres Unrecht dies: »Im Staub sich winden.«
Dic düstre Welt, sie huldigt dir und dankt
Dir für dein Lied, und sie sogar, umrankt
Vom Rebenlaub, die herbe Königsmaid,
Toskana, die dir einst ein Dorngeschmeid'
Auf deine Stirne grausam hat gesetzt,
Mit Lorbeer schmückt dein leeres Grab sie jetzt,

Erfleht umsonst in allzu spätem Lieben
Des Sohnes Asche, den sie einst vertrieben.

O Mächtigster von allen, die der Bann
Jemals getroffen, längst dein Leid verrann,
Zu Beatricen ward dein Geist beschieden,
Ravenna wahrt die Asche – schlaf in Frieden!

IV

Verödet der Palast, grau und verfallen,
Kein Sänger weckt ein Echo in den Hallen.
Die Ketten an der Tür vom Rost zerfielen,
Und giftiges Unkraut sprengt die Marmordielen.
Verwittert blinkt im hellen Sonnenschein
Der Löwenhäupter altersgrauer Stein,
Lazerten huschen durch die offnen Rachen
Geschmeidigen Laufs, und Schlangen lauernd wachen.
Ein andrer Mark Anton hat hier versäumt
Zwei Jahre Byron. Liebend und verträumt
Gab er der Welt ein neues Aktium hin.
Doch nicht verwelken konnt sein Königssinn,
Er konnte seine Leier nicht zerschlagen,
Nicht weniger kühn die Kriegerlanze tragen;
Vergebne Müh, wenn auch ein Königsweib
Die Netze spann und liebend flehte: Bleib.
Aus Griechenland rief ihn ein Hilfeschrei,
Der Freiheit Kämpfer, eilt auch er herbei –
Und läßt Ravenna. Zu dem wilden Streiten
Sah keinen Edleren man jemals reiten.
Kein Sparter lag jemals auf seinem Schilde,
Der tapfrer war wie er im Blutgefilde.
O Hellas, denk in allen großen Stunden
Des Mannes, der den Tod für dich gefunden,
Der, sprengend deiner Glieder Sklavenring,
Zur ewigen Ruhe allzuzeitig ging.
O Salamis, o Ebne von Plataä,

Voll Einsamkeit, und o Thermopylae,
Ihr windbestrichne Höhen, still und leer,
Du wildes, tosendes eubö'sches Meer,
Nicht nur mit Worten hat euch der geliebt,
Der Schwert und Leier willig für euch gibt.

Wie Äschylos bei Marathon zum Eisen
Hast du gelangt. O mög dich England preisen,
Du kriegerischer Sänger, bester Sohn.
Nicht länger treffe dich der Bosheit Hohn,
Als Sänger und als Kämpfer ohnegleichen.
Nicht länger soll wie eine Schlange schleichen,
Verleumdung sich um dein erhabnes Bild,
Begeifernd deines Ruhmes stolzes Schild.
Was der Olivenzweig beim Wettlauf war,
Mit dem der Sieger leuchtend schmückt sein Haar,
Das rote Kreuz, des Kriegers letzter Hort,
Ein Leuchtturmfeuer führend in den Port
Aus sturmbewegter See, der Weg zm Strand –
War dir die Freiheit, war dir Griechenland.

O Byron, deines Ruhmes Kronen bleiben
Für immer frisch und grün und Rosen treiben
Auf Sapphos Mitylene, rote Rosen
Mit weichen Blättern, dir das Haupt zu kosen.
Und wo Castalias Quelle einsam fließt,
Auf grünen Lichtungen die Myrte sprießt,
Der Lorbeer wartet dein – zusammenfinden
Will alles sich, dir einen Kranz zu winden.

V

Die Pinien sich im Abendwinde bogen
Mit dumpfen Murren wie empörte Wogen.
Die schlanken Stämme waren eingehüllt
Im Umbralicht. Die Seele ganz erfüllt
Von bebendem Entzücken, wild und weit,

Zog ich dahin durch Waldeseinsamkeit.
Ein aufgescheuchter Vogel flatternd flog
Mit scheuem Flügelschlag, und wie er zog
Streift er die weißen Blüten, und ein Regen
Sinkt weich herab. Zu meinen Füßen legen
Sich der Narzissen blasse Silberkronen,
Auf jedem Aste kleine Sänger wohnen.
O Wald, mit deinem Weben, rausch nur fort.
Du bist der Freiheit letzter Zufluchtsort,
Wo für Minuten wenigstens der Mensch vergißt,
Wie müde er der Welt des Kampfes ist.
Aufs neu erwacht gesunkner Lebensmut
Und heißer rollt und fröhlicher das Blut.
Die wir erschlagen, wähnten lange schon,
Die Götter sind jetzt in den Wald geflohn.
Ich lauschte lang, ob er sich wagt hervor,
Der ziegenfüßige Pan, der oft im Rohr
Sein frohes Liebeslied pfiff zur Schalmei.
Stürzt keine Nymphe angsterfüllt herbei,
Mit wildem Kreischen aus dem dichten Wald,
Weil sie erblickt die bräunliche Gestalt,
Die weich behaarte und den Waldesgott,
Mit seinem Schalksgesicht voll heitrem Spott?
Diana jagt, ein königliches Weib,
Stolz ist und fürchterlich ihr Blick, der Leib
So mädchenhaft und süß. Vor ihr die Meute
Die Eberhunde, lechzend nach der Beute.
Und in dem Fluß, der reich vorüber quillt,
Sieht Hylas seiner Schönheit Spiegelbild.

O müßig Herz, o holder Griechentraum,
Der mich erfüllt. Schon lange durch den Raum
Die Abendglocken melancholisch schwellen
Und Klostermahnungen ins Ohr mir gellen.
Von liebestrunknen Blüten ganz umgeben,
Durft ich so süßer Stunden Glück erleben,
Hinströmend übers Herz mir wie ein Meer,
Weglöschend alles, was da schwarz und schwer.

Wie nie vernommen waren fortgeweht
Die Namen Golgatha und Nazareth.

VI

Vereinsamtes Ravenna! Großes sagen
Von dir die Bücher aus den alten Tagen.
Zweitausend Jahre sind hinabgeglitten,
Seitdem zum königlichen Sieg geritten
Der große Cäsar einst aus deinem Tor.
Wie stolz und mächtig glänztest du empor,
Als von Britanniens Inseln zu den Wogen
Des fernen blauen Euphratstromes zogen
Die hagern Römeradler. Dir gewähren,
Der stolzen Stadt, die Völker – Königsehren,
Bis eines Tags die plündernden Barbaren,
Die Goten, Hunnen dein Verderben waren.
Des Diadems beraubt, vom Meer verlassen,
Birgst du das Elend jetzt in stillen Gassen.
Schon lang nicht mehr auf leicht geschwellter Flut
Ein Fichtenwald von Gallionen ruht,
Denn wo der Schiffe ehrne Schnäbel klirrten
Auf schwanker Flut, dort ziehen jetzt die Hirten
Mit müdem Schritt und pfeifen ihre leisen,
Unendlich trauervollen Liederweisen.
Und weiße Schafe grasen dort und da,
Wo einst die blaue Flut der Adria.

Trostlose, traurig schöne Königin,
In lieblicher Zerstörung stirbst du hin.
Von allen Schwestern du allein. Gezogen
Ist schließlich doch durch Romas stolze Bogen
Der königliche Krieger, siegreich hat
Er seine Krone in die ewige Stadt,
In ihre hohen Tempel hingetragen,
Am Palatin von neuem aufgeschlagen
Den alten Königsthron, an dessen Stufen

Die sieben Hügel seinen Namen rufen.
Neapel spottet des Tyrannen, lebt
Nach langem Schmerzenstraum, Venedig hebt
Mit neuer Kraft sich und das hohe Lied
Von Freiheit, Liebe, Licht und Wahrheit zieht
In Genua, der stolzen, siegreich ein.
Und wo die Marmortürme Mailands ragen,
Die Lüfte schneidend, wird es hingetragen.
Vom Alpenwall bis zu Siziliens Borden
Ist Dantes Traum zur Wirklichkeit geworden.

Doch du, Ravenna, heiß geliebt von allen?
In Trümmer seh' ich die Paläste fallen,
Und deine Schönheit ist ein Leichenlinnen
Und deine Größe liegt entseelt darinnen.
Wie einer trüben Kerze Flackerschein
Schleppt sich dein Name in den Tag hinein,
Der strahlend für Italien erstand.
Die Nacht der dunklen Unterdrückung schwand
In Glanz und Leidenschaft hat es getagt.
Die österreichischen Hunde sind verjagt
Und ruhen grollend hinter ihren Wällen.
Die eisbekrönten Alpenzitadellen
Von West nach Ost, vom Meer zum Meere frei,
Bewachen jetzt die grüne Lombardei.
Ich weiß es wohl, den Tod bei Lissa fand
Manch' deiner Söhne, auch im Alpenland
Bei Aspromonte, in Novaras Schlacht.
Du hast die Opfer nicht umsonst gebracht.
Und doch, scheint mir, du schlürftest ihn nicht ein,
Der Freiheit frisch gepreßten Götterwein.
Dich hat er nicht, der ewige Stern, beraten,
Der Völker fortreißt zu des Krieges Taten.
Des Lebens müde, lockt dich Schlaf allein,
Du gräbst dich in den Schatten tiefer ein,
Verachtend der beschwingten Stunden Eilen,
Willst bei verblichenem Glanz du träumend weilen.
Der Freiheit Sonne blickt dir ins Gesicht,

Es ist umsonst, dein Arm ergreift sie nicht,
Die Fackel, die beim Wettlauf dir geboten,
Du liebst den Schatten und die großen Toten.

O wach nicht auf, laß deinen Schlummer hüten
Von bernsteingelben Asphodelusblüten,
Von deinen Wiesen, Lilien überspannt.
Bleib wie du bist, vereinsamt und gebannt.
Du lächelst über alle Erdengröße.
Armseliger Lebenssorgen dürftige Blöße,
Wer würde wagen, sie dir vorzuweisen
Vor deinen Trümmern oder gar zu preisen
Den Kampf, den königlicher Ehrgeiz führt
Von unfruchtbarem Völkerstolz geschürt.
Der Herr der Adria, der sturmbewegten,
Er hat dich »Braut« genannt, zu Füßen legten
Zwei Reisenreiche dir die Königskronen
Und preisgegeben waren dir Nationen,
Als Raub und deiner stolzen Laune Beute.
Du hast geherrscht als Königin – und heute –?
Die Tore stehen offen Tag und Nacht,
Nur grünes Gras auf grauen Türmen wacht.
Des Feigenbaums gespensterhaftes Walten
Hat Wälle und Bastionen längst gespalten.
Wo deiner ehrnen Söldner Rastplatz war,
Dort haust der Eulen mitternächt'ge Schar.
Gestürzt, gestürzt, von deinem hohen Stand,
Im Netz verstrickt, vom Schicksal dir gespannt,
Ravenna, nichts hast du davongetragen,
Aus deines Glanzes längst verwehten Tagen,
Als einen Schild, verbeult, erblindet, matt –
Und deines Ruhmes welkes Lorbeerblatt.

Doch wer bestimmt es, was die Zukunft bringt?
Wer? ob im Morgengraun der Vogel singt?
O Nacht voll Angst und Krieg, wer kann genießen
Vom ruhigen Turm der Zeiten Nahn und Fließen?
Selbst du erwachst vielleicht und ringst dich los,

Sowie zum Purpurglanz aus Grabesschoß,
Aus Nacht und Schnee die Rose aufersteht,
Wie reifes Korn, das rot und golden weht
Vom braunen Grund, der heut noch steif gefroren,
Und nach dem Sturm wird oft ein Stern geboren.

O heißgeliebte Stadt, weit komm' ich her!
Um meine Heimatinsel spült das Meer;
Ich sah aus der Campagna ödem Schweigen
Geheimnisvoll und düster langsam steigen
Des Domes Kuppel übern Himmelsrand,
Umkleidet von des Morgens Purpurbrand.
Und in der Veilchenstadt hab' ich gesehn
Die Sonne von Corinthus untergehn,
Und von den Hügeln, den sternenhellen,
Des blühenden Arkadiens, hört' ich schwellen
Ans Ohr mir das »unendliche Gelächter«
Und den Gesang der frohen Meerestöchter.
Doch wie die Taube zu des Nestes Ruh,
Fliegt meines Herzens Liebe stets dir zu.

O Stadt des Dichters, einer, der gesehn,
Kaum zwanzigmal den grünen Sommer gehn,
Des Herbstes farbenfrohes Kleid zu tragen,
Wie könnte der die tolle Kühnheit wagen,
Die Leier wecken für ein lautes Lied
In dem dein alter Ruhm vorüberzieht.
Es klingt so arm und schwach die Hirtenflöte,
Wenn wilder Tubaschrei das Rechte böte,
Erschütternd müßt' es sich zum Himmel heben
Und wie ein Flammenhauch vorüberschweben,
Ein Wahnsinn wär', ich weiß es, mein Beginnen,
Und doch und doch, ich fühlt' es niemals rinnen
So edel und so feurig mir durchs Blut,
Niemals hab' ich gefühlt so süße Glut,
Wie damals, als des Rosses Hufe schlugen,
Dumpfdröhnend durch das Schweigen, und mich trugen

In die geliebte Stadt zum erstenmal,
Nach langen Tagen müder Arbeitsqual.

VII

Ravenna, lebewohl! Ein Jahr entschwand,
Seitdem ich einsam an den Sümpfen stand,
Wo die Kapelle düster ragt, seit ich gesehen
In Purpurglut die Sonne niedergehn.
Der Himmel war ein Schild mit Blut befleckt,
Auf dem im Todeskampfe hingestreckt
Die Sonne lag. Des Westens Wolkenscharen,
Sie fügten sich zu einem wunderbaren,
Schwerfaltigen Königskleid voll düst're Pracht,
Bestimmt für eines großen Gottes Macht,
Indes der Herr des Lichts die Goldgaleere
Versinken ließ im Purpuräthermeere.

Und in der süßen Ruhe dieser Nacht
Ist die Erinnerung an dich erwacht,
Und schwellend steigt es wie ein Meer empor
Und all die heiße Liebe bricht hervor.
Der Liebe und des Frühlings zartes Grün
Wird abgelöst vom stolzen Sommerblühn
Auf Wiesen und auf Bäumen; bald, gar bald
Erblüht's im Grase bunt und mannigfalt,
Und Lilien steigen aus dem dunklen Boden,
Bis sie der Knaben Hände spielend roden.
Und dann besiegt für eine lange Zeit
Der reiche Herbst des Sommers Üppigkeit.
Und was er schlau dem Jahre konnt' entziehn,
An alle Bäume gibt er's wuchernd hin,
Sein aufgehäuftes Gold und sieht erregt,
Wie der Verschwender Wind es ihm verfegt,
Kalt naht und rauh der düstre Winter dann,
Bis endlich in sich selbst das Jahr verrann.
So schreiten wir aus unsrer Frühlingszeit

Hinüber in des Sommers Mannbarkeit,
Und schließlich fallen wir in Sorg und Not
Und manches böse Schneeloch uns bedroht.
Nur Liebe kennt kein Wintern und kein Sterben
Und fürchtet nicht, im Sturme zu verderben.
Ravenna, niemals, niemals wird entschwinden
Für dich der Seele liebendes Empfinden.
Wenn auch die Lippe ungelenk und leise
Nur schwache Laute stammelt dir zum Preise.

Lebwohl, lebwohl, schweigsamer Abendstern,
Der Nacht Gesandter, leuchtest hin so fern,
Heimlenkst du Hirt und Herde von den Weiden.
Vielleicht, noch ehe sie die Garben schneiden,
Der goldnen Ähren windbewegten Wald,
Eh noch das erste Blatt vom Baume fallt,
Erblick' ich dich, und mit der Demut Neigen
Bring' ich die Lorbeerkrone, die mein Eigen.
Lebwohl, lebwohl! Der Mond der Mitternacht
Mit seinem Silberlicht zum Tage macht,
Gewiß auch um die heil'gen Stätten schwebt,
Wo Dante schläft und Byron hat gelebt.

›GEDICHTE‹
1881

HÉLAS!

Jedweden Leidenschaften hingegeben,
Bis nun die Seele ohne Kraft und Glanz,
Gab dafür ich das Streben nach dem Kranz
Der Weisheit hin, mein ernstbewußtes Streben?

Zweimal beschriebnes Blatt scheint mir mein Leben
Das kind'sche Spielsucht überkritzelt ganz
Mit eitlem Sang für Flötenspiel und Tanz –
Nun läßt sich sein Geheimnis nicht beleben.

Doch war die Zeit, da aus verworrnen Zeichen
Reinen Akkord ich hätte wecken können,
Ein Lied, um Gottes Ohren zu erreichen:

Ist die Zeit tot? – Den Honig ohnegleichen
Der Poesie, kaum mocht mein Herz ihn kennen –
Und muß ich von Unsterblichkeit mich trennen?

ELEUTHERIA

SONETT AN DIE FREIHEIT

Nicht daß ich je für deine Brut erglüh
– Stumpf steht vor eignem eklem Leid sie still,
Verbohrt, weil sie nichts andres sehen will –,
Doch daß das Brüllen der Demokratie,

Dein Schreckensreich und deine Anarchie
Gleich einem See mein Spiegelbildnis gibt,
Mein Aufruhr sich in deinem Aufruhr liebt:
Nur darum, Freiheit, tönt wie Harmonie

In mir dein Mißgeschrei! Ob Fürstenspott
Auch immer mit Kanonen und mit Knuten
Der Völker heilig Recht zerschlüg zu Scherben,

Ich bliebe ungerührt – und doch, weiß Gott:
Ich muß, in manchem Sinn, mit ihnen bluten,
Die christusgleich auf Barrikaden sterben!

AVE IMPERATRIX

England, des nordischen Meeres Zier,
Du Königin ruhloser Flut!
Was sagt die Menschheit wohl von dir,
Zu deren Fuß die Erde ruht?

Zerbrechlich wie ein Kugelglas
Die Erde liegt in deiner Hand,
Und durch ihr Herze von Topas
Wie Schatten durch ein Zwielicht-Land

Die Speere roten Krieges ziehn,
Die langen Wogen blutiger Schlacht,
Des Todes grimme Batterien,
Der Fackelbrand der Herrn der Nacht.

Der Leoparden gelber Hauf
– Der bübische Russe kennt sie gut –
Springt kühn im Bombenhagel auf
Mit schwarzen Rachen, heiß voll Wut.

Verlassen hat sein blaues Meer
Englands Seelöwe heldenhaft,
Um mit dem Sturm zu kämpfen, der
Bedrohte Englands Ritterschaft.

Der Erztrompeten hell Getön
Bläst über Pathans schilfiges Ried,
Und über Indiens schneeige Höhn
Ein Heer bewehrter Männer zieht.

Manch ein Afghanenhäuptling fährt
Aus Träumen beim Granatbaum auf
Und schlägt erwartungsvoll ans Schwert,
Da den Spion er sieht im Lauf

Schnellfüßig nahen, ihm, dem Herrn,
Zu melden, daß er Englands Schar
Schon trommeln hörte nicht mehr fern
Vom starken Tor von Kandahar.

Der Südwind bringt dem Ostwind Gruß
Dort wo gewappnet heldengleich
England mit bloßem blutigem Fuß
Den Weg erklimmt zum Weltenreich.

O Himalaja-Einsamkeit,
Des indischen Himmels graues Pfühl,

Wo sahst zuletzt du todbereit
Die Siegerschar im Kampfgewühl?

Im Mandelhain von Samarkand,
In Bokhara voll Lilienpracht,
Am Oxus, dessen gelber Sand
Den weißen Turban staubig macht,

Und weiter noch in Ispahan
– »Der Sonne Garten« nennt sich's stolz –,
Von wo der Karawanenmann
Zinnober bringt und Zedernholz,

Und in Kabul, der grausigen Stadt,
Die tief am Fuß der Berge ruht
Und immer volle Becken hat
Mit Wasser für die Mittagsglut,

Und wo man staunt auf dem Basar
Ein klein cirkassisch Mädchen an,
Das jüngst geschenkt der große Zar
An einen alten bärtigen Chan –

Hier fielen unsre Adler ein
Und schlugen ihre Schwingen weit;
In England aber sitzt allein
Die traurige Taube tief in Leid.

Vergebens schaut das Mädchen aus
Nach ihres Liebsten Wiederkehr:
In schwarzer Schlucht des fernsten Gaus
Liegt er durchbohrt von tückischem Speer.

Sehnsüchtig und gedankenvoll
Harrt Tag und Nacht so manches Kind,
Daß Vater mit ihm spielen soll;
Einsam gewordne Frauen sind

In jedem Hause gramverzehrt,
Reliquien pressen sie ans Herz:
Beschmutzte Epaulettes, ein Schwert –
Doch lindert solcher Tand den Schmerz?

Ach, nicht in englischem Gefild
Ward unsern Brüdern letzte Ruh,
Es deckt nicht den zerbrochnen Schild
Ein Flor der liebsten Blumen zu.

Bei Delhis Mauern liegen die,
Und jene im Afghanenland,
Und fern am Ganges liegen sie,
Verschwemmt von seiner Mündung Sand,

Und ruhn in Rußlands Wüstenei,
Und eine andre tapfre Schar
Sank in des Ostens Meer und bei
Den stürmischen Höhn von Trafalgar.

Wandernde Gräber! Ohne Ruh!
O Schlaf in sonnenlosem Graus!
Du stumme Schlucht, Sturmtiefe du,
Gib sie heraus! Gib sie heraus!

Und, Cromwells England, wundenvoll
Im ewigen Wettlauf um die Welt,
Ists nötig, daß für jeden Zoll
Von Land ein Sohn als Opfer fällt?

Die Dornenkrone auf dein Haupt!
Dein Sang sei Trauer! Sturm und Meer
Hat deine Toten dir geraubt
Und gibt dir keinen wieder her.

Meerwogen, Sturmwind, fremder Strand
Besitzen Englands Blüte, und
Nie drückt die Hände deine Hand,
Nie küßt die Lippen mehr dein Mund!

Was nützt uns nun der Erdenball,
Gefesselt in ein Netz von Gold,
Wenn tief im Herz der Widerhall
Vieltausendfacher Sorge grollt?

Was solls, daß unsre Schiffe ziehn
Wie Fichtenwälder allerwärts?
Wir säen Elend und Ruin
Allüberall und Grimm und Schmerz.

Wo sind, die tapfer, schnell und stark?
Wo ist nun Englands stolz Geblüt?
Wildgräser blühn aus ihrem Mark,
Meerbrausen ist ihr Klagelied.

Geliebte ihr, so weit entflohn,
Ihr schickt uns nie mehr Wort und Kuß!
O blinder Staub! O tauber Ton!
Ist dies der Schluß? Ist dies der Schluß?

Doch still! Laßt ruhn die Toten! Raubt
Den ernsten Schläfern nicht die Ruh!
England geht kinderlos, das Haupt
Voll Dornen, aufwärts immerzu.

Doch strahlt es einst in höchster Macht,
Fernher des Wächters Weckruf schwebt,
Daß sonnengleich aus blutiger Nacht
Die junge Republik sich hebt!

AN MILTON

Milton! Mir scheint, dein Geist ist weit entflohn,
Der einst auf Turmeszinnen stolz gewacht!
Ach, dieses feuertrunknen Landes Pracht
Sank längst in trübe, graue Asche schon.

Das Leben wird in Affenspiel und Hohn,
In lauter trüben Stunden hingebracht,
Trotz Pomp und Prunk, trotz aller unsrer Macht
Sind wir nur gut, zu graben Stein und Ton,

Da wir zusehn, wie unser Inselland,
Der Meeres-Löwe, dummen Demagogen
Als Lehen preisgegeben wurde, die

Es nimmer lieben! Gott, ist dies das Land,
Das in der Hand ein dreifach Reich gewogen,
Als Cromwell sprach das Wort: Demokratie!

LOUIS NAPOLEON

Adler von Austerlitz! Wo war dein Flug,
Als an barbarischem, so fernem Strand
Der Übermacht ehrlose dunkle Hand
Den Letzten deiner Königsbrut erschlug?

O Knabe! Nie wirst du Paris dich zeigen
Am Kopf der Truppen stolz in roter Pracht,
Doch einen Krieger-Kranz aus Lorbeerzweigen
Hat dir statt dessen Frankreich zugedacht;

So krönt die freie Republik dich gern,
Damit nicht ehrlos sich hinunterschwingt
Dein Geist und Frankreichs ernste Botschaft bringt
Zu deiner Rasse übermächtigem Herrn:

Daß es der Freiheit süßen Kuß getrunken
– So süß war seiner Bienen Honig nie –
Und daß nun dort, wo Könige hingesunken,
Die Wogen branden der Demokratie.

SONETT
AUF DAS CHRISTENMASSAKER
IN BULGARIEN

Christ, lebst du wirklich? Ist nicht dein Gebein
Noch ausgestreckt im Felsengrab zu sehen,
Und war nicht nur geträumt dein Auferstehen
Von ihr, die kraft der Liebe sündenrein?

Denn hier schreit Menschennot und Menschenpein;
Die Priester, die dir dienten, sind erschlagen,
Und hörst du nicht die jammervollen Klagen,
Die Väter den erschlagnen Kindern weihn?

Erscheine, Gottes Sohn! Verfinsternd hängt
Blutschande ihren Vorhang in die Nacht,
Von deinem Kreuz herab der Halbmond höhnt!

Hast du in Wahrheit einst das Grab gesprengt,
So komm, o Menschensohn! Zeig deine Macht,
Sonst wird statt deiner Mahomet gekrönt!

QUANTUM MUTATA

Einst in Europa war's, wenn irgendwo
Ein Kämpfer für der Freiheit Sache sank,
Daß Englands Löwe auf vom Lager sprang
Und kein Bedrücker seinem Zorn entfloh;

Zur Zeit der großen Republik war's so
Des Zeuge Piemont, voll höchstem Dank
Für Cromwell, da in Ohnmacht blaß und schwank
Der Papst in dem gemalten Portico

Vor unsren Abgesandten stand, den strengen.
Wie kommt es nun, daß nach so stolzer Zeit
So tief wir fielen, nur daß Üppigkeit

Das Tor umhäuft mit toten Warenmengen,
Da bess'rer Geist und bess're Tat eingeh' –
Sonst wären Miltons Erben wir wie je.

LIBERTATIS SACRA FAMES

Obgleich ich Schüler bin der Demokraten
Und sehr mich sehne nach dem freien Reich
Der Republik, wo jeder königgleich
Und keiner doch gekrönt zum Potentaten, –

Trotz aller Liebe für die freien Staaten,
Halt ich für besser noch die Despotie,
Als daß mit falschem Kuß der Anarchie
Die Demagogen unser Glück verraten.

Drum lieb ich die nicht, die auf Straßenschanzen
Mit roher Hand die rote Fahne pflanzen
Ganz ohne Ernst, und die für Kunst, Kultur,

Ehrfurcht und Ehre kein Verständnis zeigen,
Nein, die zu Mord mit feigem Dolche nur
Und schändlichen Verrätereien neigen.

THEORETIKOS

Dies mächtige Reich hat Füße nur von Ton:
Von allem alten Rittertum und Glanz
Ist unser Inselland verlassen ganz,
Irgend ein Feind stahl ihm die Lorbeerkron,

Und jene Höhenstimmen sind entflohn,
Die einst von Freiheit sangen. Fort von dort,
Du meine Seele; dies ist nicht dein Ort,
Dies Warenhaus, wo gegen schnöden Lohn

Verschachert wird, was weise, gut und schön,
Und rohen Pöbels Dummheit laut verneint,
Was die Jahrhunderte auf uns vereint.

Mir stört's die Ruh: will lieber träumend gehn
Durch Kunst und Hochkultur und einsam stehn,
Abseits von Gott und abseits seinem Feind.

DER LIEBESGARTEN

Mittjuni, voller Sommer ist's, doch schallt
    Der sonngebräunten Schnitter Werk noch nicht
Rings auf den Hochlandmatten, wo zu bald
    Der reiche Herbst, des Jahres Wuchrer, dicht
Die Bäume all mit seinem Gold belädt,
Schätze, die nur verschwenderisch der wilde Wind verweht.

Zu bald fürwahr! doch hier der Affodill,
    Dies Lieblingskind des Lenzes, ist noch da,
Daß schier die Rose mit ihm eifern will,
    Und noch, blauglockig, die Kampanula,
Und wie ein Schwärmer auf verirrtem Gang,
Verlassen von den Schwestern, die des Juni Botin lang,

Die Misteldrossel von der Lichtung trieb,
    Säumt noch an schatt'ger Stelle blaß und zag
Eine Narzisse, selbst ein Veilchen blieb,
    Das nicht zur goldnen Sonne schauen mag,
In Furcht vor zu viel Glanz und halb verwirrt
Von seiner eigenen Lieblichkeit – ja, der arkad'sche Hirt,

    Hier möcht' er sich in frohem Reigen drehn,
Hier, müd' der blumenlosen Orkuszeit,
Persephone durch Blütenfluren gehn!
    Und das Geheimnis ew'ger Seligkeit,
Den Griechen einst bekannt, hier muß es ruhn.
Ja, du und ich, wär' Lieb' und Schlaf uns hold, wir fänden's nun.

Hier sind die Blumen, die mit Klagen laut
    Herakles einst gestreut auf Hylas Grab:
Lichtlila Wiesenkresse, Schwalbenkraut,
    Des Abends gelbgerockter Sängerknab',
Und weißer Aglei, so zartblütig, daß
Kein Wind ihn heftiger küssen darf, – doch laß sie nur und laß

Den got'schen Turm der roten Malve dort
  Die stummen Glocken schwingen, denn sonst muß
Die Biene, die sein Glöckner ist, hinfort
  Nach andern Freuden sehn, und die beim Kuß
Des Frührots weint, wie ein jung töricht Ding
Vorm Liebsten, und kaum duldet, daß der bunte Schmetterling

Ihr nah fliegt, laß die Anemone auch,
  Blaß von Jungfräulichkeit; des Winters Schnee
Taugt ihr, nicht deine Lippen, deren Hauch
  Auf ihrer Blüte Brand wär'; lieber geh
Und pflück dir, die dort liebend blüht allein,
Vom Kuppler Wind genährt mit Staub von Küssen, die nicht sein,

Pflück' die trompetenmünd'ge rote Winde,
  So lieb den Mädchen, Hyazinthen dir,
Die, auf der Spur schon der gefleckten Hinde,
  Dianens Fuß verschonte, Wiesenspier
Voll Blütenschaum, weißer denn Junos Hals,
Duftend wie ganz Arabia, – und pflück' dir, schöner als

Die Blumen, die auf Idas Fichtenhöhn
  Frau Venus einst betreten, Eucharis,
Ein Morgenstern noch in der Sonne schön,
  Und blühenden Meiran, der beim Kuß gewiß
Kytherens Mund noch süßer machte und
Adonis eifern, – sie zur Krone, doch zum Gürtelbund

Diene die purpurne Waldrebenranke,
  Die prächt'ger mich als Tyrus' König deucht,
Und dort der Fingerhut, der glockenschwanke;
  Doch die Narzisse, die der Lenz, verscheucht,
Vom Kleid verlor, als er im eignen Hag
Der Sommervögel erst wild-stürmisch Lied vernahm, sie mag

Als zart Erinnern bleiben an die hold
  Unsichren Sonn- und Regentage, da
April durch Tränen lächelt, wenn das Gold

Der frühen Primel aufblinkt, erst ganz nah
Der knorr'gen Eichenwurzel nur, bis bald,
Trotz ihrer braunen Blätter, golden schimmert Flur und Wald.

Nein, pflück' auch sie, sie ist in ihrer Süße
Nicht halb so süß wie du bist, mein Idol,
Und bist du müde, breiten vor die Füße
Aurikeln dir den schönsten Teppich wohl,
Demütig hüllt in Blüten sein Gerank
Der Geißblattstrauch und Gänseblümchen blühn den Weg entlang.

Ich aber schneid' ein Rohr bei jenem Quell
Und wecke der Waldgötter Eifersucht
Und Pans Verwundern, wer denn singt so hell
In Schweigen hier, wo nach des Tages Flucht
Kein Mensch mehr säumen mag, weil er sonst leicht
Die marmorweiße Artemis und ihre Jagd beschleicht;

Und sage dir, warum so bittre Klage
Die Hyazinthe aufgestickt dir zeigt,
Und die schmerzreiche Nachtigall am Tage
Nicht singt, nur wenn die flinke Schwalbe schweigt
Und Reichtum Feste hält, dann einzig weint,
Warum der Lorbeer, wenn der Ost erglüht, zu zittern scheint;

Und singe, wie voll Gram Proserpina
Vermählt ward einem strengen düstren Gatten,
Locke die silberbrüst'ge Helena
Zurück dir von dem Lotusstrand der Schatten,
Daß jene Schönheit so verhängnisvoll
Du siehst, um die zwei mächt'ger Heere grimmer Kampflärm scholl.

Und spiele dir die griech'sche Märe vor
Von Cynthias Liebe zu Endymion,
Wie sie, gehüllt in grauen Nebelflor,
Zu Latmos' Klippen eilt, bis Helios von

Dem Meereslager springt zur Jagd nach ihr,
Die blassen fliehnden Fußes schwindet, schon umfangen schier.

Und wenn mein Rohr so süß melodisch wär',
  Schauten ihr Antlitz wir, die einst in Huld
Unter den Menschen wohnt' an Ägeus' Meer,
  Und deren ödes Haus, das keinen Kult,
Kein Fries mehr, nur gestützte Säulen hat,
Über die Trümmer blickt der schönen veilchenumgürteten Stadt.

Genius der Schönheit! geh noch nicht von hier!
  Nicht daß nun niemand mehr sein Knie dir biege,
Etliche leben, denen mehr von dir
  Ein strahlend Lächeln gilt als tausend Siege,
Ob all die edlen Toten Waterloos
Aufstünden gegen sie! bleib noch! ist auch die Zahl nicht groß,

Doch ihre Mannheit gäben sie und mehr,
  Ihr Leben für dich hin, wie ich denn tat,
Dem deine Lippen täglich Brot sind, der
  In deinen Tempeln höhern Festen naht,
Als diese dürre Zeit gibt, trotz der Zahl
Von neuen Lehren, die so skeptisch und dogmatisch all.

Hier fließt Cephissos, fließt Ilissos nimmer,
  Noch sind die Wälder von Kolonos hier,
Den blassen Hügeln fehlt des Ölbaums Schimmer,
  Kein gläub'ger Priester führt sein brüllend Tier
Steilauf den Marmorweg, noch zieht die Maid
Lachend für dich hier durch die Stadt im krokusblüt'gen Kleid.

Doch bleib! denn der dich best geliebt, der Knabe,
  Des Name schon in sich den Zauber führt,
Dich festzuhalten, schläft in stummem Grabe
  An jener Mauer Roms, und Klage rührt
Ihr süßest Saitenspiel ihn noch, doch nie
Klingt seines mehr; mit Adonais schwand die Poesie.

Nein, da Keats starb, ließ noch der Musen Gunst,
  Um ihn zu klagen, eine Silberstimme,
Doch oh! zu früh ward sie geraubt der Kunst,
  Da in zerrißner Nacht und Wogengrimme
Panthea sprach: Nun sei, mein Sänger, mein
Und der sie pries, den Mund verschloß; seither gehn wir allein,

Bis auf dies stolze Herz, den Morgenstern
  Des neuerstandnen England, der in Höhn
Ob unsrem wanken Thron und Kriegeslärm
  Demokratie, die junge, griechenschön,
Den Hesperus der großen Republik,
Schon strahlen sieht, ihn lehrte deine Liebe noch Musik.

Und er war mit dir in Thessaliens Flur,
  Wo er die weiße Atalanta schaute,
Schnellfüßig auf des wilden Ebers Spur,
  Die strenge Jungfrau; seine Honiglaute
Drang in des hohlen Berges Grotte tief,
Und Venus lacht, daß einer heut noch ihren Namen rief.

Die Lippen küßte er Proserpinas
  Und sang das Requiem dem Galiläer,
Der wunden Stirn, die er entkrönte, blaß,
  Von Blut und Wein beträuft, ein letzter Seher
Und glühendster des alten Göttertums:
Grau wird das neue Zeichen vor dem Glanze seines Ruhms.

Genius der Schönheit! geh' von uns noch nicht,
  Die Fackel leuchtet noch der Poesie,
Der Stern, der einst dem Osten gab sein Licht,
  Silbern strahlt seine Rüstburg noch und nie
Stürmt all das Heer des Dunkels seine Wacht –
Bleib noch bei uns! denn in der langen und gewohnten Nacht

Hat Morris, Chaucers lieber schlichter Sohn,
  Erbe von Spensers süß melod'schem Rohr,
Erquickt mit holdem Hirtenflötenton

So manches Müden und Mühsel'gen Ohr,
Und fern das blütenlose Eiland ließ
Ihm schöne Blüten sprossen für ein irdisch Paradies.

Wir kennen Gudrun und des Helden Werben,
Aslaug und Olafson sind uns bekannt,
Grettirs, des Riesen, Kampf und Sigurds Sterben
Und welche Zaubermacht den König band,
Da Brynhild, die er zum Gemahl erhofft,
Sich kraftvoll ihm verwehrt; in Sommerstunden oh! wie oft,

In langen, leeren, wenn der hohe Tag
Verliebt in eine Damaszenerrose,
Westwärts zu ziehn vergißt, bis überm Hag
Der Mond, sein Folger, schon, der wesenlose,
Vom Sichelreif erwächst zum Silberschild
Und ihn zur Eile mahnt, – wie oft in kühlem Grasgefild,

Fern von dem Kricketplatz und Achterlärmen
Bagleys, wo von der Amseln Nistezeit
Bis zu den allerletzten Schwalbenschwärmen
Flüsternd die Szilla blüht und weit und breit
Nur Bienenflug die Stille unterbrach,
Lag ich und träumte seinen träumerischen Mären nach,

Und über ihre nie erlittnen Schmerzen
Weint' ich für mich und wurde rein und gut,
Und froh beim Jubel ihrer schlichten Herzen;
Denn segelnd so auf der gemalten Flut,
War mein des Sturmes Kraft und Schönheit bloß,
Ohne sein rotes Wüten; dadurch ist der Sänger groß.

Das Lachen eines leisen Wasserfalls
Ist nicht so voll Musik, die Rauschgoldpracht
Der kleinen Stadt aus Wachs nicht süßer als
Sein Lied, und da er wieder tönen macht
Arkadiens Flöten, halb vermodert schon,
Klingt unter seinen Lippen frischer noch ihr alter Ton.

Genius der Schönheit! geh von uns noch nicht!
Wohl Maklersinn hat unser lieblich Land
Durch Eisenstraßen profaniert und bricht
Der Kunst die Glieder, auf das Rad gespannt,
Und als die Frucht all der Fabriken kroch
Blindschleiche Dummheit aus, der Seele Feind, – doch bleib bei uns noch!

Denn einer lebt noch hier – genannt zusammen
Nach Dante und dem Seraph Gabriel –
Des Doppellorbeer dir mit ew'gen Flammen
Am Altar brennt; auch sein Herz brennt dir hell,
Der von Vivianen sah betört Merlin
Und Engelsfüße weiß die goldne Treppe niederziehn.

Er liebt so sehr dich, daß die ganze Welt
Für ihn in bunter Tracht geht prächtiglich
Und Leid ein purpurn Diadem erhält,
Sonst wär's nicht Leid mehr, und Verzweiflung sich
Die Dornen selbst vergoldet, und sogar
Der Schmerz in Qual noch schön ist, wie es einst Adonis war.

Dies ist des Malers Macht und dieses Erbe
Ward seinem reinen hochgemuten Geist,
Der nun in bess'rem Spiegel alles Herbe,
Süße und Traurige seiner Zeit uns meist
Als deren Kunst mit Alltagstreue prahlt
Und nicht die Seele auch mit ihren großen Fragen malt.

Doch wen'ge sind's, und alle Poesie
Schwand hin: man kann der Sonne Schicksal sagen,
Dozieren über ihre Pfeile – wie
Im Leeren seelenlos Atome jagen,
Niemand im Baum die Nymphe weinen sieht,
Nie mehr in England ein Najadenhaupt sich zeigt im Ried.

Neue Aktäons, prahlen sie, ich glaube
Zu früh, daß sie die Schönheit sahn; sei's drum,
Analysieren sie den Irisbogen, rauben,
Lunen ihr ältest, reinst Mysterium,
Soll, spätester Endymion, ich darob
Verzagen, weil Unheil'ge nach ihr spähn durchs Teleskop?

Was soll's, daß diese Zeit der Wissenschaft
Mit all dem Troß moderner Wunder nun
Durch unsre Tore bricht? Durch welche Kraft
Heilt sie ein brechend Herz? Was kann sie tun,
Um je ein Leben schöner, einen Tag
Göttlicher je zu machen? Nein, von Troglodytenschlag

Scheint das Geschlecht, das atavistisch jetzt
Die Erde neu gebiert; ein wilder Hauf
Roher Titanen, stürmen sie, verhetzt,
Gegen Olympos' hohe Herrscher auf,
Ungöttlicher Geburt; sie wußten bloß
Vom Staube, und so wird denn er entscheiden einst ihr Los,

Ein harter Richter. Laß sie nur einmal
Aus totem Zufall und dem Kampf ums Sein
Schaffen des Menschen neues Ideal!
Doch ich, fürwahr, sog andre Lehren ein
Bei andrem Los, das meiner Seele fiel:
Von höhern Höhn des Lebens strebt sie nach noch höherm Ziel.

Sieh, weil wir sprachen, wandt' ihr Angesicht
Die Erde von dem Gott, stieg silbern schon
Hekates Boot, bis all sein Fackellicht
Der neid'sche Tag verlosch; die Stunden flohn
Mir unbewußt: junge Endymions sehn
Die Zeit in lahmen Fingern nicht den Kranz von Sonnen drehn.

Schau, hier die gelbe Iris lehnt sich bleich
Zurück, bis wieder sie ihr Buhle fand,
Die treulose Libelle, die nun, gleich

Dem Adernblau auf weißer Mädchenhand,
Auf jener schneeigen Nachtviole ruht,
Die hoch in Scham erglüht und hinstirbt in der Tagesglut.

Komm nun; schon auf dem blassen Himmelszelt
Siehst du die blühenden Mandelzweige leuchten,
Der Wachtelkönig ruft im hohen Feld
Dem Weibchen Antwort zu, die aufgescheuchten
Brachvögel flattern durch das Nebelgrau,
Die Lerche schüttelt schon in ihrem schilf'gen Nest den Tau

Vom Gras, in Freude, daß die Sonne nah,
Zitternder Inbrunst, wieder sie zu grüßen,
Die bald in goldner Panoplia,
Daß alle Hügel glühn zu ihren Füßen,
Aus dem orangenen Zelt des Ostens tritt.
Sieh dort den roten Rand! Es ist der Gott und jubelnd glitt

Die Lerche schon hinweg in ihrer Wonne
Und strömt nur Sang noch auf das stille Tal, –
Fürwahr, in dieses Vogels Flug zur Sonne
Ist mehr als Gold geläutert siebenmal!
Doch kühler wird die Luft, komm nun – bedacht
Schleicht bald der Jäger an; wie schön war diese Juninacht!

ROSA MYSTICA

REQUIESCAT

Leise sprich, leise geh,
Störe sie nie,
Wachsen hört unterm Schnee
Maßliebchen sie.

Alles ihr golden Haar
Rost nun zum Raub,
Sie, die so lieblich war,
Moder und Staub!

Lilienweiß, lilienzart,
Lebte sie Traum,
Daß sie zum Weibe ward,
Wußte sie kaum.

Sargholz und schwerer Stein
Deckt sie nun zu,
Mich quält mein Herz allein,
Ihr wurde Ruh.

Still, still! Was sollen ihr
Leier und Lieder;
All meine Welt liegt hier –
Wirf Erde nieder!

AVIGNON

SONETT
AUF DER REISE NACH
ITALIEN

Ich sah die Alpen: o Italien, wie
Mein Herz bei deinem edlen Namen schlug –
Und aus den Bergen brachte mich der Zug
In dieses Land voll seliger Harmonie,

Nach dem so lang schon meine Seele schrie;
Und ich gedachte deiner Ruhmeszeit
Und sah, wie deines Himmels blauem Kleid
Der Abend brennend goldne Farben lieh.

Die Pinien wehten, so wie Locken wehn,
Und blütenwirbelnd stand der Obstbaumhag:
Doch als ich dachte, daß dort unten fern

In Rom ein zweiter Petrus unsres Herrn
In argen Fesseln festgekettet lag –
Da weinte ich, dies Land so schön zu sehn.

TURIN

SAN MINIATO

Sieh, ich erklomm den Hügel da
Mit diesem heiligen Gottesbau,
Wo einst der Engel-Maler blau
Und weit den Himmel offen sah

Und thronend auf dem Halbmond sie,
Die Gnadenfürstin, rein und licht –
Maria! Säh ich dein Gesicht,
So käm der Tod mir nie zu früh!

Gekrönt von Gott in Dornenschmerz!
O Christus-Mutter! Hohe Magd!
Wie ist so müde und verzagt,
So übermüd mein stummes Herz!

Von Gott in Liebesbrand gekrönt!
Gekrönt vom Einen heiligen Christ!
O höre, eh voll arger List
Die Welt als Sünder mich verhöhnt!

AVE MARIA GRATIA PLENA

War dies sein Kommen? Hofft' ich doch, ich seh'
Ein Bild von wunderbarer Herrlichkeit,
Wie jener große Gott in alter Zeit
Als goldner Regen kam auf Danae;

Oder ein Graungesicht, wie Semele,
Von Liebe krank und wunscherregtem Blut,
Die Gott leibhaftig schauen wollt' und Glut
Plötzlich umfing in ihrer Glieder Schnee.

Hierhin an diese heil'ge Statt geführt,
Seh' ich erstaunten Augs und Herzens hier
Der Liebe höchst Mysterium nun vor mir:

Ein kniend Mägdlein, blaß und unberührt,
Ein Engel mit der Lilie in der Hand,
Die Taube, die darob die Flügel spannt.

FLORENZ

ITALIA

Italia, du bist gefallen, sprühst
Du auch von Siegesglanz, herrscht auch dein Heer
Vom Alpenland bis zu Siziliens Meer!
Du fielst, obgleich als Königin dich grüßt,

Wer je gesehn, wie üppig reich du blühst
Und wie du stolzbeschwingt und schätzeschwer
Myriaden Handelsschiffe schickst umher,
Von denen rot-weiß-grün die Flagge grüßt.

Du: schön und stark! Vergebens scheinst du beides!
Blick südwärts, wo entweiht das edle Rom
Um seinen Gottgesalbten ruht und klagt!

Blick himmelwärts, Gott hat noch nie gezagt:
Ein Raphael flammt herab vom Himmelsdom
Und straft den Räuber mit dem Schwert des Leides!

SONETT
GESCHRIEBEN IN GENUA
IN DER KARWOCHE

So grüßte mich Scogliettos grüner Hain:
Orangen hatten nahe meiner Hand
Dem Tag entzündet ihren Ampelbrand;
Ein aufgescheuchtes schnelles Vögelein

Ließ Blütenschnee von allen Bäumen schnein;
Wie Silbermonde rings Narzisse stand,
Blausonnig kräuselte der Golf zum Strand –
Und leben schien unsagbar süß zu sein.

Da sang ein Knabe draußen grell und klar:
»Jesus, der Sohn Marias, starb am Pfahl,
O komm und füll sein Grab mit Blumengrüßen.«

Gott! Diese Stunden, die hellenisch-süßen,
Ertränkten all Gedächtnis deiner Qual:
So Kreuz wie Krone, Speer und Söldnerschar.

ROM – DAS ICH NICHT GESEHEN

I

Der grüne Halm ward gelbes Stroh
Seit damals, als ich mich entriß
Der nordischen Städte Finsternis
Und nach Italiens Bergen floh.

Und hier schon muß ich heimwärts sehn,
Denn all mein Wandern ist erfüllt,
Mag auch die Sonne rot enthüllt
Voran zur heiligen Roma gehn.

O selige Herrin, die regiert
Herab vom Siebenhügelkranz,
O reine Frau, die höchster Glanz
Und dreifach eine Krone ziert!

O Roma, Roma benedeit!
Dir bring ich diesen armen Sang,
Denn ach, der Weg ist steil und lang
Bis hin zu deiner Heiligkeit.

II

Und doch: gen Süd hinabzuziehn
Bis dorthin, wo der Tiber lacht –
Wie hätte das mich froh gemacht!
Wie einst in Fiesole zu knien

Und ihn, der Arnos Strom umgibt,
Den grünen Pinienwald zu sehn,
Hoch auf dem Apennin zu stehn,
Wenn hell das Morgenrot zerstiebt;

Vorbei an Höfen weinumkränzt –
Obstwaldung – Ölbaumgärtnerei –
Bis aus Campagna-Ödenei
Auf Hügeln hoch der Dom erglänzt.

III

Von Nordlands Meer ein Pilgersohn –
O Lust für mich, zur Tempelpracht
Zu ziehn, zu Ihm, der treu bewacht
Die hehren Schlüssel auf hehrem Thron!

Zu Ihm, den rot- und goldgeschmückt
Umringen Priester und Kardinal,
Der seiner Herde unendliche Zahl
Mit mildem Auge überblickt.

O Lust, vor meinem Tod zu sehn
Den gottgesalbten König dort,
Wenn der Posaunen Silberwort
Verkündet Sein Vorübergehn,

Zu schaun, wie Er am Altarschrein
Das heilige Opfer hoch erhebt,
Und Menschenblick vor Gott erbebt,
Der leiblich ward in Brot und Wein.

IV

Denn manchen Wechsel bringt die Zeit!
Der Tanz der Jahre, der verweht,
Macht wohl, daß all mein Sorgen geht
Und daß mir neues Lied gedeiht.

Eh staubig in den Scheuern liegt
Der Felder schwankes Gold, eh tot
Das Herbstlaub scharlachfarben loht
Und vogelgleich im Winde fliegt,

Könnt ich vielleicht am Ziele stehn,
Die Fackel brennend in der Hand,
Und Ihm, der jetzt sich abgewandt,
Getrost ins heilige Antlitz sehn.

URBS SACRA AETERNA

Dein Schicksal, Rom, ein viel beschriebnes Blatt!
Du warst's, die mit Republikanerschwert
Zuerst Gehorsam aller Welt gelehrt;
Dann warst du Königin, warst müd und satt;

Da drang der bärtige Gote in die Stadt.
Und jetzt von allen deinen Mauern sprühn
Die hassenswerten Flaggen Rot-weiß-grün.
O gottgekrönte – o verhöhnte Stadt!

Wann warst du groß? Als in der Sucht nach Macht
Dein Aar die Doppelsonne einst umschwirrt
Und deinem Schwert die Welt ergeben war?

Nein! Heut erst zeigst du deine vollste Pracht:
Wenn dem gefangnen Hirt sich beugen wird,
Daß er sie segne, eine Pilgerschar.

SONETT
ALS ICH DAS DIES IRAE
IN DER SIXTINISCHEN KAPELLE
HÖRTE

Nein, Gott, nicht so! Lenzfrohes Knospenspringen,
Olivenhain, der Taube Silberbrust
Zeigt klarer deiner Liebe Sein und Macht
Als Flammenschreck und Donnerkeulenschwingen.

Die roten Reben dein Gedenken bringen;
Ein Vogel, der des Abends westwärts fliegt,
Sagt mir von Ihm, den niemals Rast gewiegt;
Von dir, ich weiß es, alle Vögel singen.

Nein, komm nicht so! Komm in des Herbsttags Stille,
Wenn rot und braun entflammt die Blätter sind
Und über Felder echot Schnittersang.

Komm, wenn des runden Mondes Glanz und Fülle
Auf goldne Ährenbündel niederrinnt,
Und ernte deine Frucht: wir harrten lang.

OSTERTAG

Fanfarenklänge schallten durch den Dom:
In Ehrfurcht lag die Menge auf den Knien,
Und auf den Schultern trugen Männer ihn
Wie einen Gott, den Heiligen Herrn von Rom.

Sein Priesterkleid schwamm überm Menschenstrom,
Vom königlichen Purpur eingehüllt;
Drei goldne Kronen krönten dieses Bild.
So zog in Prunk und Glanz der Papst durch Rom.

Und weit zurück schwang meine Seele sich
Zu Einem, der durch Einsamkeiten schritt
Und nirgend eine Stätte fand zur Rast:

»Der Fuchs hat seinen Bau, der Rabe seinen Ast,
Nur mich, nur mich, der alles Leiden litt,
Empfängt auf Erden nichts und niemand heimatlich.«

E TENEBRIS

O Christus, komm herab, gib deine Hand!
Denn wilder ist das Meer, das mich verschlang,
Als jene Flut, mit der einst Simon rang:
Des Lebens Wein floß über in den Sand,

Mein Herz ist wie ein notgeplagtes Land,
Drin alle guten Dinge aufgezehrt.
Und würd ich heut vor Gottes Thron begehrt –
Ich weiß, ich wäre wert nur Höllenbrand!

»Er schläft vielleicht, er ritt vielleicht zur Jagd –
Wie Baal, wenn früh bis mittags der Prophet
Auf Karmels Höhen heulte im Gebet.«

Nein, still! Ich soll ihn sehen noch vor Nacht:
Die Füße Erz, das Kleid wie Flammenlicht,
Die Hände wund, und müd das Menschgesicht.

VITA NUOVA

Ich stand am weiten unfruchtbaren Meer,
Bis mir Gesicht und Hand voll Sprühschaum lag;
Die roten Fackeln senkte müd der Tag
Gen Westen hin, die Winde pfiffen sehr.

Und Möwenschreien flog zum Lande her:
»Ach!« rief ich, »all mein Leben ist nur Pein,
Und wer heimst goldnes Korn, heimst Früchte ein
Von Feldern, die wie diese saatenleer?«

Zerfetzt war meiner Netze gieriger Mund;
Zu letztem Wurf warf ich sie dennoch weit
Ins Meer hinein und harrte auf den Fang,

Als plötzlich heller Glanz sich zeigte und
Schneeweiße Glieder schimmerten im Tang –
Und froh vergaß ich all mein altes Leid.

MADONNA MIA

Ein Lilienwesen, nichts für Erdenpein,
Braunsanftes Haar, das dicht die Ohren kränzt,
Und Sehnsuchtaugen tränenfeucht durchglänzt
Wie blauste Flut in Regenschleierschein;

Die bleichen Wangen noch von Liebe rein,
Die rote Unterlippe ängstlich schmal,
Der weiße Hals wie Silbertaubenstrahl
Und rotdurchadert wie ein Marmorstein.

Doch singt auch stets mein Mund ihr Preis und Gruß,
Wagt ich doch nie, zu küssen ihr den Fuß:
Ich steh gebannt in Andacht-Überschwall

Gleich Dante, da er Beatrice nah
Unter des Flammenlöwen Brust und sah
Den goldnen Stieg, den siebenten Kristall.

DIE NEUE HELENA

Wo warst du, seit um Trojas Wall und Graben
In jenem Kampf erlag manch Göttersohn?
Kommst du von neuem auf die Erde her?
Gedenkst du jenes ungeduldigen Knaben,
Des Purpurschiffs, der Tyrier nicht mehr?
Und nicht mehr Aphroditens Blick voll Hohn?
Denn wohl warst du's, die, wie am Himmelsbogen
Ein Sterngruß winkt in silberstille Nacht,
Verlockte in des Krieges blutige Wogen
Der alten Reiche Ritterschaft und Macht!

Hast du den feuervollen Mond geleitet?
Stand im verliebten Sidon dir ein Haus,
An lachend blauer See ein Tempel dir,
Wo hinter goldnen Gittern dir bereitet
Ein braunes Mädchen seltne Teppichzier
Durch all der Mittagsstunden schwülen Graus,
Bis ihre bleichen Wangen rot entglommen
Im Kuß der salzbesprühten Lippen des
Cyprischen Schiffers, der zurückgekommen
Von Calpe und dem Riff des Herakles?

O Helena! Sollt ich dich nicht erkennen!
Für dich starb Sarpedon so knabenjung,
Und Memnons Kraft für dich zu Falle kam,
Für dich geschah's, daß jenes böse Rennen
Mit Thetis' Kind einst Hektor unternahm,
Im letzten Jahr deiner Belagerung.
Ja! Jetzt noch brennt in jenen Asphodelen,
Die dort auf den zerstampften Feldern blühn,
Dein Ruhmesglanz, weil noch die Heldenseelen,
Dich rufend, dort die Geisterwaffen ziehn.

Wo warst du doch? In jenen Zauberlanden,
Wo in verschlafnem Tal Kalypso lag,
Wo nie ein Mäher eine Wiese schnitt,
So daß die Gräser hoch in Wildnis standen
Und längs des reifen Korns mit ernstem Schritt
Der Schäfer ging, bis es dem Herbst erlag?
Standst du vor irgend einer Lethequelle,
Ganz hingegeben der Erinnerung
An Lanzenkrachen und an Sonnenhelle
Zerschellten Helms, an Kampfbegeisterung?

O nein, du warst im hohlen Berg gefangen
Mit einer, die man längst vergessen schon,
Mit der entkrönten Königin: es war
Die Erycinische. Du sahst die Wangen
Der Ärmsten nie; in Rom brach ihr Altar,
Heut kniet dort schweigend manche Nation;
Ihr gab die Liebe niemals Glück und Freuden,
Nur unerträglich bittre Leidenschaft,
Ein Schwert nur, um das Herz ihr zu zerschneiden,
Und nur die Bitternis der Mutterschaft.
Die Lotosblätter, die Todwunden heilen,
Hält deine Hand; o schenke Güte du,
Solang mein Sommer mir noch Blüten bringt;
Denn kaum kann Atem meinem Mund enteilen,
Daß dir mein Silberhorn ein Loblied singt,
So beug ich mich, du Mystische, dir zu,
So beugt und bricht das Marterrad der Liebe
Mich ganz; doch ob auch Schweigen und Ruin
Und nichts als Hoffnungslosigkeit mir bliebe,
Was tut's – darf ich in deinem Tempel knien!

Weh, weh! Du wirst nicht lange hier verweilen,
Nein, wie der Vogel dort die Sonne liebt,
Doch sich verbirgt vor Nacht und kaltem Nord,
So wirst du unserm öden Land enteilen:
Zum Turm deines Triumphs zieht es dich fort,
Zum Kuß, den dir Euphorions Jugend gibt.

Nie werde ich dein Antlitz wiederfinden,
Denn dieser giftige Garten hält mich fest
Und wird mit Dorn und Stachel mich umwinden,
Bis selbst das Leben lieblos mich verläßt.

O Helena! O Helena! Ich flehe,
Ein Weilchen, kleines Weilchen zögre hier,
Bis daß der junge Tag die Schatten jagt:
Wenn ich die Sonne deines Lächelns sehe,
Macht Himmel nicht noch Hölle mich verzagt,
Da ich es weiß, mein Gott lebt nur in dir:
Mein Gott ist der, der über dem Getriebe
Der goldumsponnenen Planeten thront,
Der Fleisch gewordne Geist geistiger Liebe,
Der freudevoll in deinem Körper wohnt.

Geboren bist du nicht nach Menschenweise;
Mit luftigem Flor von Silberschaum bedeckt
Erhobst du dich aus tiefsaphirnem Meer.
Und da du kamst, entflammte dir zum Preise
Ostwärts ein ewiger Stern so hell und hehr
Und hat der Insel Hirtenvolk geweckt.
Nie stirbst du! Keine von Ägyptens Schlangen
Bedroht dich und vergiftet dir die Luft,
Kein tückischer Mohn befleckt dir Haar und Wangen
Und lockt dich in des ewigen Schlafes Gruft.

Lilie von Liebe! Reine! Erdentrückte!
O Turm von Elfenbein! O Rosenpracht!
Du kamst, damit das Dunkel sich erhellt:
Denn ach, in unsres Schicksals Netz verstrickte
Und hoffnungsmüde Wandrer dieser Welt
Sahn wir vergebens aus in unsre Nacht
Nach einem Schlaftrunk für verfehltes Leben,
Für all die zaudernde Erbärmlichkeit,
Bis dein Altar uns ward zurückgegeben
Und deiner Schönheit weiße Lieblichkeit.

DIE KLAGE UM ITYS

Heil'ger als Rom ist Englands Themse hier,
    Wo Glockenblumen, wie ein Meergebrande
Mit weißen Anemonen, Wiesenspier
    Gleich Schaum der Wellen, rings die wald'gen Lande
Blau überfluten; offenkundiger
Als in der bleichen Mönche Goldmonstranz ist hier der Herr.

Sieh, dort die glänzend veilchenblauen Falter
    Unter der weißen Lilien Zeltbrokat
Sind Monsignores, und ein würd'ger alter
    Bischof in partibus im Meßornat
Der Hecht, der halbgeschloßner Augen träg
Im Schilf sich sonnt! Und sieh den grün und goldnen Treppenweg!
Der Wind, des Walds Gefangner, ohne Rasten,
    Ist wohl ein Palästrina, ja, du meinst,
Die Hand des großen Meisters spielt die Tasten
    Jener Marienorgel so wie einst,
Wenn früh am blauen Ostertag daher
Zu dem Balkone überm Erztor und dem Menschenmeer

Der Piazza, wo Springbrunnen ihre Schlünde
    Zu Silberjubelstrahlen aufgetan,
In hoher Sänfte, rot wie Blut und Sünde,
    Der Papst kam aus dem dunklen Vatikan
Und ost- und westwärts hob die schwache Hand
Zum Frieden, wo Volk gegen Volk aufsteht, Land gegen Land.

Ob das orangene Rot nicht schöner ist,
    Das trotz des Mondes nachglüht überm Tal,
Als Rom in Festpracht? Fremd, vor Jahresfrist
    Kniet' ich vor einem roten Kardinal,
Der übern Esquilin die Hostie trug,
Doch jetzt – den schlichten Mohn dort nenn' ich doppelt schön mit Fug.

Und das blaugrüne Bohnenfeld, noch zitternd
Vom letzten Schauer, haucht die Luft fürwahr
Voll süßrer Düfte, als, in Goldschein flitternd,
Der jungen Diakonen Incensar,
Öffnet des greisen Priesters Hand den Schrein
Und wandelt in den Leib des Herrn gemeines Brot und Wein.

Ja, Fra Giovanni käm' im schönsten Psalme
Ins Schwanken vor des braunen Vögleins Ton
Zuhäupten mir und durch die kühlen Halme
Seh' ich die Brust, die ich vernommen schon
Im sternbeglänzten, blumenstern'gen Land
Arkadiens und an Salamis' sandweißem Dünenstrand.

Süß ist der Schwalben Zwitschern von der Traufe
Früh, wenn der Mäher seine Sense wetzt,
Und die Holztaube gurrt und an der Raufe
Die Rinder muhen, wie mit Trällern jetzt
Die muntre Melkmagd in der Tür auftaucht
Und jedes breite Kuhmaul triefend ihr entgegenhaucht.

Und süß in Kent das junge Hopfengrün
Und süß der Wind, der frisches Heu zerträgt,
Und süß die Bienen, wenn die Linden blühn
Und summend der geschäft'ge Schwarm sich regt,
Die Färse, die im Stall brüllt, saftgesprengt
Die grüne Feige, die an roter Ziegelmauer hängt,

Und süß des Kuckucks Ruf dem Lenz zum Spott,
Säumt noch am Quell das letzte Veilchen fahl,
Und süß, wenn Daphnis von dem Sonnengott
Und Linos singt in einem sonn'gen Tal
Arkadiens, wo das Korn hochgolden steht
Und um den Hürdenzaun der Tanz der schlanken Schnitter geht.

Süß, mit der lieblichen Lykoris traut
In einer Schlucht Illyriens fern zu ruhn
Und, hingestreckt auf bitterliches Kraut,

Den sommerschönen Tag nichts anders tun,
Als scherzend prüfen, wer im Rohrspiel siegt,
Weil wühlend tief, tief unter uns des Meeres Purpur liegt.

Doch süßer weit, wenn Nunehams grüne Au'n
Silbersandal'gen Fußes, lang vertrieben,
Wieder ein Gott beträte, wenn ein Faun
Dort bei den Sumpfschwertlilien, mit der lieben
Syrinx am Mund, sein Haupt erheben sollt',
Hier der himmlische Hirt weißvließ'ge Herden weiden wollt.

So sing mir, kund'ger Sänger, wenn's auch ist
Dein eigen Requiem, was du mir sängst,
Erzähl' die Märe mir, o Leidchronist,
Deiner Tragödien! Und, ob dir auch längst
Nicht mehr vertraut, verachte nicht dies Land,
Denn manchen holden Kranz beut unser nord'scher Inselstrand,

Den keine griech'sche Flur kennt, manche Rose,
Die taglang wohl umsonst der Jüngling in
Äoliens Tälern suchte, rankt hier lose
Um Hecken wie die üpp'ge Buhlerin
Schönheit verschwendend, Lilien, wie sie nie
Ilissus spiegelte, besternen unsre Ströme, sieh!

Im grünen Weizen blinken blaue Raden,
Die, ob des Schwalbenheimflugs Zeichen auch,
Nie blühten an den attischen Weinbergfaden;
Selbst jenes Unkrautes kleiner roter Strauch,
Der dem Rotkehlchen Lieder gibt, ihr träft
Mit Staunen in Arkadien ihn, und ungesungen schläft

Am wind'gen Themsestrand im Riedgeraune
So manche Elegie, wie süßer je
Kein Lied der Syrinx war, und dort die braune,
Mit Bienen ganz besetzte Orchidee
Wär für Kytherens Stirn ein Diadem,
Ihr selbst noch unbekannt; und zart erblühn in hellem Creme

Dort, wo die Farre weidet, Asphodille,
Von Schmetterlingen schon erspäht von fern,
Füllt ihren Kelch die Sommerabendstille
Auch doppelt schon mit Tau, bevor der Stern
Den müden Schäfer zu der Hürde lenkt,
Und ist verschwendrisch nicht; mit Gold ist jedes Blatt gesprenkt.

Als hätte Danaes, der stolzen, Kuß
Die zitternden berührt, vom goldnen Arm
Des Gottes heiß, oder Merkurius,
Tief fliegend vor dem düstren Schattenschwarm,
An sie gestreift mit seiner Flügel Saum!
Der zarte Stiel ist stärker als der Sommerfaden kaum

Oder das Silber, das Arachne spinnt,
Und kann die Last doch ihrer Sonnen tragen, –
Es heißt, daß sie dem Grab entsprossen sind,
Eines, dem oft mein Lied galt, doch sie sagen
Mir von noch göttlicheren Mythen, von
Nymphenbesuchten Meeren, faungeliebtem Helikon,

Von einem Tal im Tempe, ganz sein eigen,
Wo stets Narzissus an dem klaren Fluß,
Waldwirrnis in den Locken, Waldlandschweigen
In seinem Blick, das Bild beklagen muß,
Das, kaum daß er es küßte, schon zerriß
Im Spiegelgrund der Flut, und jene Mär von Salmacis,

Nicht Knabe und nicht Mädchen und doch beides.
Genährt von zweien Feuern und doch nie
Ersättigt, weil des einen Wonne Leides
Dem andern bringt, dem keine Luft gedieh,
Und so die Liebe stirbt, und Mären dann
Von Oreaden, die vorlugen aus mondlichtem Tann,

Von Ariadne, die am Uferhang
Von Naxos das treulose Schiff in Hast
Entfliehen sah und den roten Schleier schwang

Und Theseus noch, den falschen, rief, da fast
Bakchos auf bernsteingelbem Leopard
Schon bei ihr war; die Märe, die dem Mäoniden ward,

Des blinde Augen Trojas Wälle schauten,
Und Helena in dem geschnitzten Raum
Mit dem rotmünd'gen Knaben, dem vertrauten,
Der zarter Hand glattstrich den Helmbuschflaum,
Und fern die Männerschlacht, Gejauchz und Schreien,
Wie Hektors Schild den Speer abschlug und Ajax warf den Stein;

Von Perseus, der, beflügelt, mit dem Schwert
Die Schlangenlocken abschnitt der Gorgone,
Und all die Mären, deren ew'ger Wert,
Reichtum, wie keine Spanische Gallione
Ihn je aus Indien brachte, Stück für Stück
In kleinen griech'schen Urnen ruht! ja, sie bring uns zurück,

Denn ich weiß wohl, der Tod nicht bannt, nur Schlaf
Die alten Götter der hellen'schen Mythen,
Und sie erwachen, wenn dein Ruf sie traf,
Und denken: ja, dies sind Thessaliens Blüten,
Die Themse Daulis' Strom, der kühle Hang
Die irisgelbe Flur, wo Itys lachend spielt und sprang.

Warst du's, jasmingewiegter Vogel, trauter, –
Der von der laub'gen Stille deines Throns
Dem Wunderknaben sang, bis laut und lauter
Ihm Atalantas Horn scholl süßen Tons
Auf Cumnors Flügeln und er, sprudelnd hell,
In Bagleys Wäldern abends fand den attischen Dichterquell;

O schlanker grauer Anwalt, der vom Stuhle
Den Mond gegen den Tag verteidigt, ja,
Warst du's, der jenen Hirten seine Buhle
Selig ließ suchen, da Proserpina
Vergaß, daß sie, statt in sizil'schem Land,
An Sandforts moos'gem Zaun in staunender Entzückung stand;

Waldwunder du, leichtschwingig, augenklar!
  Hast du getröstet je mit Melodie
Einen der Brüderschaft, der kleinen Schar,
  Die mehr Toskanas Morgenstern als sie,
Die volle Sonne Raffaels geliebt,
Unsterblich nun, sing mir! der minder nicht den Preis dir gibt,

O sing, ja sing! laß wieder jung die Welt,
  Die Elemente wieder leibhaft werden
Und Schönheit wieder ziehn durch Flur und Feld
  In einstiger Gestalt, wie, da auf Erden
Apoll mit seiner Weidenrute Hieb,
Der junge Gott, zottige Ziegen, sanfte Lämmer trieb!

O sing! ja sing! und Bacchus sitzt in Glanz
  Hier auf dem stolzen Inderthron, der Sieger,
Und unterm Stab mit gelbem Efeukranz
  Und harz'gem Zapfen winseln seine Tiger,
Indes die Bassaride toll und heiß
Den Löwen bei der Mähne wirft, einfängt die Felsengeiß.

Sing! und vom Pantherfell umgürtet, nehm' ich
  Astaroths Mondesschwingen mir zum Flug
Und wohl in ihrem eis'gen Wogen käm' ich
  In einer Stunde zum Kythäronzug,
Eh noch die Rufe überschäumt, der Faun
Im Treten einhält! ja, eh schwanken Lichts das Morgengraun

Die schrei'nde Eule heimscheucht in ihr Nest,
  Die Fledermäuse ihre Flügel falten,
Stiehlt, jung, von Wein umschlungen wie zum Fest,
  Die Mänas ihre Bucheckern den alten
Schlafenden Panen und so sacht, daß auch
Die nistende Drossel nicht erwacht; vorbei an Busch und Strauch,

Wo dicht der Tau liegt, durch das grüne Tal
  Tollt sie dann lachend und erzählt den Schwank,
Bis daß der braunen Satyrn muntre Zahl

Das Blutkraut niedertritt den Strand entlang;
Dem hörn'gen Meister bringen sie den Zoll,
Flechtkörbe von Erdbeeren und bereiften Pflaumen voll.

Sing! und, das Antlitz müd von Leidenschaft,
Tritt Phöbus' Liebling bald aus kühlem Grün,
Den Eber jagt der Tyrerfürst in Kraft
Am Hang, wo die Kastanienbüsche blühn,
Und gliederweiß, grauäugig, auf der Pirsch
Folgt dort die Jungfrau stolzen Blicks dem sammetfell'gen Hirsch.

Sing! und der Knabe sieht im Sterben hier
Von seinem Blut den Kelch der Blume rot,
Die mehr gilt als der Hyazinth, und mir
Erzählt die Kyprische all ihre Not
Und Mund und strömend Aug küss' ich ihr leis
Und führ sie hin, wo ich im Myrtenhain Adonis weiß.

Klag' laut um Itys! Der Erinnerung Hand
Träuft mir, Milchschwester sie der Reu und Qual,
Gift in das Ohr – o frei zu sein! verbrannt
Die alten Schiffe! ausziehn noch einmal
In die weißkämm'ge Flut zur Züchtung
Proteus' für der korallenblühenden Grotten Plünderung!

O Kolchis mit dem Schrein, dem wunderreichen!
Und, oh! Medea mit dem mohn'gen Trank!
O nur ein Blatt des Asphodills, des bleichen,
Der Proserpinens müde Stirn umschlang,
Abends so eigen tauend, daß sie träumt
Von Ennas Fluren, ferne vom sizil'schen Meer umschäumt,

Wo oft die goldgürt'lige Biene jagend
Von Lilie sie zu Lilie fliegen ließ,
Eh sie der düstre Gott, Rückkehr versagend,
Die tödliche Granatfrucht kosten hieß,
Ehe der schwarzen Rosse wilder Zug
Zum blaß blumlosen Land, zum krank sonnlosen Tag sie trug.

O zum Gespiel für eine Mitternacht
 Die Venus aus dem melischen Ackergrunde!
Eine antike Statue, mir erwacht
 Zum brünst'gen Feuer nur für eine Stunde!
Die Eos von Florenz, oh, wer in Lust
Den mächt'gen Leib umschlänge, läg auf dieser Riesenbrust!

O sing! ja sing! und ganz berauscht indessen
 Vom Leben, meiner Jugend frischem Most,
Ist der ermüdend wüste Kampf vergessen,
 Der Wahrheit Gorgoblick, des Abgrunds Frost,
Gebetlos Wachen, Schrei nach Gottinbrunst,
Verlorne Gaben, flehende Arme, dumpfer Taumeldunst!

O sing, ja sing! beschwingte Niobe,
 Du machst den Kummer schön und Freude leicht
Ihr süßes Lied dir, wenn der Mensch sein Weh
 Zu heilen sucht in stummer Heimlichkeit,
Nicht seine Wunden pflegt, das Schmerzgefühl
Im Herzen einsargt und den Schlaf ermordet auf dem Pfühl.

Sing lauter noch! damit ich das erblaßte
 Antlitz des Heilands nicht mehr schauen muß,
Des wunde Hand einst meine Hände faßte,
 Des Mund mich oft geküßt mit blut'gem Kuß:
Stumm nun und marmorn sitzt er trauriglich
Verlassen im entehrten Haus und weint, vielleicht um mich.

Erinnerung, wirf deine Muschel fort!
 Brich deine heisre Laute, Melpomene!
Schmerz, bleib in deiner Klausenzelle dort,
 Trüb nicht Kastaliens Klarheit mit der Träne!
Halt ein, trauriger Vogel, denn sonst flieht
Des Waldes sylvan'sche Stille vor so wild bewegtem Lied.

Halt ein! oder wenn's schwer ist, stumm zu sein,
 Wähl dir der schlichtren Drossel Pastoral!
Sorglos und heiter, taugt es unsrem Hain

Besser als deines Lieds Verzweiflungsqual;
Halt ein! und laß es von des Nordwinds Flucht
Zu Thraziens Felsen tragen und zu Daulis' stürm'scher Bucht.

Ein Augenblick noch und das Zweigicht rauschte,
Endymion trat mondwandlerisch hervor
In seiner Liebe, unf die Themse lauschte:
Platscht Pan im Schilfe nicht nach einem Rohr,
Aus blauer Grotte, halb entzückt, halb bang,
Jene Najade vorzulocken durch der Flöte Klang?

Ein Augenblick noch und die Taube girrte,
Die silberne Tochter rief der silbernen See
Den Buhlen, der auf Jägerpfaden irrte,
In holder Arme Fesseln, Dryope
Warf ihres Eichbaums Äste aus, verliebt,
Bis der goldhaar'ge Jüngling in sein ächzend Joch sich gibt.

Ein Augenblick noch und die Bäume küßten
Daphne, die eben aus dem Bann erwacht
Zitternder Lorbeern, mit den Knabenbrüsten
Stand Galmacis nackt in der Mondennacht
Und matt wollüst'gen Lächelns hier am Fluß,
Des Nilstroms roter Lotos, wandelte Antinous,

Das Haupt gesenkt von schwarzer Lockenlast,
Ihm schattend über schlummerschwere Lider,
Und dort auf gras'gem Hang von grüner Rast,
Im Stolze ihrer jungfräulichen Glieder,
Trieb Artemis, zum Jagen hochgeschürzt,
Den Hirsch mit ihrer Meute auf, der ihrem Speerwurf stürzt.

Lieg still, lieg still, wild schlagend Herz, lieg still!
Falte, Melancholie, die Rabenflügel!
Schluchzende Dryas, wenn ich Antwort will,
Klag' nicht so bang aus deinem hohlen Hügel!
Klag' nicht um Marsyas' Schändung mehr! Apoll
Will keine Schmerzenslieder hören, so verzweiflungsvoll!

Es war ein Traum, öd ist die Waldlichtung,
  Die Luft bewegt kein sanft ironisch Lachen,
Träg kriecht die Themse durch die Niederung,
  Der junge Bacchus floh mit seinen Bacchen
Aus dem Gehölz, nun ganz vereinsamt, sieh!
Doch noch aus Nunehams Hain kommt jene Süße

So traurig, daß mit jedem Laut wir wähnen,
  Ein menschlich Herz bricht, ein Mysterium,
Das in Musik oft liegt als der den Tränen
  Und der Erinnerung nächsten Kunst; warum,
Klagende Philomele, bangt es dir?
Nein, deine Schwester kommt nicht her, Pandion ist nicht hier,

Kein grimmer König hier, kein Mörderstahl
  Und kein Geweb mit blut'gem Parament,
Hier schwärmen Freunde nur durchs moos'ge Tal,
  Auf warmer Anhöh ruht hier der Student,
Sein Buch halb zu, auf Schlängelpfaden geht
Abends ein ländlich Liebespaar, im stillen Glück beredt.

Kaninchen spielen harmlos vor den Gruben
  Am ausgetretnen Leinweg mit der Brut,
Wo lärmend kaum ein Trupp lachender Buben
  Dem schnellen Achter nachschrie zum Salut,
Die Spinne knüpft ihr silbernes Gewirr
Von Sommerfäden, und es blinkt ein schwaches Lichtgeflirr

Aus hoher Schuppen düsterroten Hallen,
  Wo nun der Schäfer blökend Lamm für Lamm
In Hürden läßt, und leise Rufe schallen,
  Streicht ein Oxforder Boot an Sandfords Damm,
Daß aus dem Schilfversteck das Moorhuhn flieht
Und, Schwalben gleich, am Hügel auf der Flug der Schatten zieht.

Heimfliegt der Reiher zu den Sümpfen ferne,
  Im blauem Nebel schauert Baum und Strauch,
Goldwelt an Welt, erscheinen still die Sterne,

Und wie ein Blumenblatt vorm Windeshauch,
So treibt ein weißer Mond durchs Himmelsklar,
Stumm lauschend deiner Threnodie so schmerzlich wunderbar.

Die Göttin sieht dich nicht, wie könnte sie!
Sie weiß, Endymion wird nicht ferne sein;
Ich bin's, ich bin es, dessen Seele wie
Das Rohr ist, das von selbst nicht tönt, allein,
Wenn es ein andrer spielt, ich bin es, weit
Von jedem Wind entführt über ein Meer von Herzeleid.

Da schweigt die braune Brust: ein schönster Triller
Bebt überm dunklen Waldland lang hinaus,
Hinsterbend in Musik; und still und stiller,
So still, daß man die sachte Fledermaus
Hinstreichen hört und kreisen überm Tann,
Den Tropfenfall aus Glockenblumenkelchen zählen kann.

Und überm Weidengrunde und den dunkeln
Gestrüppen fern im flachen Lande weist
Des Magdalenenturms hellgoldig Funkeln
Des Städtchens lange High-Street mir und heißt
Zurück mich kehren: horch! es mahnt mich schon
Weither vom Christ-Church-Tor der Abendglocken tiefer Ton.

WINDBLUMEN

IMPRESSION DU MATIN

Der Themse Nokturno in Gold und Blau
Verblaßte zu grauer Harmonie,
Eine Barke durchzog die Monotonie,
Eine Barke mit Heu, – und frostig und rauh

Kroch gelber Nebel vom Brückendamm,
Bis mählich Haus bei Haus erschien
Wie Schattenwerk und drüber hin
Sankt-Paul als riesige Blase schwamm,

Dann plötzlich erhob sich erwachender Klang
Des Lebens; durch die Straßen zog
Des Landvolks Wagentroß; es flog
Ein Vogel auf glitzernde Dächer und sang.

Ein bleiches Weib stand ganz allein
– Im matten Haar einen Frühlichtstrahl –
Noch zögernd am Laternenpfahl,
Die Lippen von Flamme, das Herz von Stein.

MAGDALEN WALKS

Weißwölkchen rennen am Himmel in hastigem Zug,
Und die Felder sind von der Märzblume golden besprengt,
Die Narzisse blüht, und die Lärche quastenbehängt
Wiegt sich und schwingt bei der Drossel eiligem Flug.

Frisch köstliche Düfte schenken die Schwingen des West,
Den Duft von Laub und von Gras und gepflügtem Land,
Die Vögel jubeln, weil neu der Frühling erstand,
Und hüpfen von Zweig zu Zweig im schwanken Geäst.

Und die Wälder sind laut, denn der Frühling murmelt und singt,
Und die Knospe der rankenden Rose öffnet sich rot,
Und das Krokusbeet ist ein Mond, der flammend loht,
Von amethystenem Gürtelreif umringt.

Und ein Liebesgeschichtchen wispert das Feld empor
Zur Fichte, die lachend schüttelt den Nadelkranz,
Aus dem Astloch der Bergrüster leuchtet im Irisglanz
Einer Wildtaube Brust und schillernder Hals hervor.

Die Fäden der Spinne zerreißend und die Netze von Tau,
Hebt aus dem Wiesenbett sich die Lerche steil,
Und der Eisvogel fliegt am Flusse entlang wie ein Pfeil,
Der die Luft verwundet, – wie eine Flamme von Blau.

ATHANASIA

In jenes Haus, in dem man Dinge hegt,
Die vor der Zeit Zerstörung man gerettet,
Ward eines Mädchens Mumienleib gelegt,
In Unschuldstagen schon zu Grab gebettet;
Araber hatten ihn emporgebracht
Aus Pyramidenschoßes düstrer Nacht.

Als man gelöst das alte Linnenband
Von der Ägypterin Leib – ach, man erspähte
Ein Samenkorn in ihrer dürren Hand;
Und da man es in Englands Erde säte,
Gedieh's in wunderweißem Sternenflor
Und hauchte reichsten Blütenduft empor.

Und soviel Künste lockten hier vereint,
Daß man gar bald den Asphodill vergessen,
Die Biene selbst, der Lilie brauner Freund,
Verließ den Kelch, drin sie bisher gesessen;
Es schien, als ob's ein selten Wunder wär
Aus einem himmlischen Arkadien her.

Vergebens bog Narzissus sich zum Fluß,
Vergebens war sein bleiches Selbstentzücken;
Denn die Libelle fand nicht mehr Genuß,
Mit seinem Goldstaub sich ihr Kleid zu schmücken,
Nicht Freude mehr, zu küssen den Jasmin,
Nach Regenfall um Eucharis zu ziehn.

Die Nachtigall vergaß ihr altes Leid
Und alte Liebe um der Blume willen,
Die Taube flog nicht mehr zur Blütezeit
In nasse Wälder, Sehnsucht zu erfüllen, –
Sie segelte im Amethystgewand
Nur um die Blume aus Ägyptenland.

Wenn Sonne heiß im blauen Turm erglüht,
Kam kühlend her ein Wind aus schneeiger Ferne,
Und zärtlich schenkte Tau der warme Süd
Den weißen Blüten, wenn die Abendsterne
Entstiegen jener grünen Himmelsflut,
Die Purpurflecken trägt von Sonnenblut.

Doch wenn im lilienblühenden Gefild
Die müden Vögel nicht mehr Liebe sangen,
Und wenn des Mondes breiter Silberschild
In Saphirhimmeln glitzernd aufgegangen –
Durchschauerte die Blütenkelche nicht
Dunkles Erinnern, fremdes Traumgesicht?

O nein! Ein einziger Tag nur schienen ihr,
Der seltnen Blume, jene tausend Jahre;
Was wußte sie von böser Ängste Gier,
Die welken macht die schönsten Knabenhaare?
Sie hatte Schrecken nie noch Qual gekannt
Und nicht den Tod, der alles Leben bannt.

Denn wir, ach! ziehn mit Spiel und Tanz zu Tod,
Um nimmermehr zu leiden, was wir litten, –
So wie ein Strom, dem nichts das Ufer bot

Als öde Ebenen und Armenhütten,
Verliebtem gleich ins grausige Meerbett springt,
Des Sterbens froh, das ihm Erlösung bringt!

Wir siechen hin im unfruchtbaren Streit
Der Welt mit all den tausend eklen Sorgen;
Sie lebt und blüht und fühlt sich frei von Leid
Im reinen Licht, in reiner Luft geborgen,
Wir leben sterbend hin im Bann der Zeit,
Sie ist das Kind der ganzen Ewigkeit!

SERENADE

Der Wind weht sanft und kühl aus West
Wohl über das Ägäische Meer,
Er ruft, er ruft zu süßem Fest
Dich, schöne Herrin, zu mir her.
Mein tyrisch Boot es wartet schon
Am Marmorsteig, kein Wächter wacht,
O laß des Bettes Lilienthron
Und komm herab in stumme Nacht!

Sie kommt nicht, o ich kenne sie:
Sie achtet Liebesschwur für List!
Was soll ich tun mit einer, die
So lieblich und so grausam ist,
Die Spiel mit wahrer Liebe trieb
Und spottet des Verliebten Pein?
Ich hab dich wie ein Knabe lieb,
Und alles soll vergebens sein?

Ach, lieber Schiffer, sprich und schau:
Ist das ihr Haar, das golden rinnt?
Und nicht nur Sommerfadentau,
Der Passifloren dort umspinnt?
Ach sag mir, Guter, ohne Trug:
Ist das der Herrin Lilienhand?

Und glänzt nicht nur des Schiffes Bug?
Und ist's nicht nur der Silbersand?

O nein, es ist nicht Sommertau,
O nein, es ist nicht Silbersand!
Ist wirklich die herzliebe Frau
Mit goldnem Haar und Lilienhand!
Nun rudre eilig, mein Pilot,
Und halte gut auf Troja hin,
Vom Griechenstrand entführt mein Boot
Der Lust, des Lebens Königin!

Der Himmel wird schon blasser blau,
In einer Stunde ist es licht!
An Bord, an Bord, vielliebe Frau!
Geliebte Herrin, zögre nicht!
Nun rudre eilig, mein Pilot,
Und halte gut auf Troja hin!
Wie je ein Knabe Liebe bot,
Lieb ich dich ewig, Königin!

ENDYMION

Im Apfelbaum hängt goldner Schein,
Arkadien tönt von Vogellaut,
Im Hürdenhof die Schafe schrein,
Die wilden Gemsen fliehn waldein,
Ich weiß, bald wird er bei mir sein,
Der gestern Liebe mir vertraut.
Steigende Luna! Herrin du!
Nimm du den Liebsten mir in Hut;
O sicherlich kennst du ihn gut,
Denn purpurrot sind seine Schuh,
O sicher findest du ihn leicht,
Da er den Schäferstecken schwingt,
An Lieblichkeit der Taube gleicht
Und braunes Haar sein Haupt umringt.

Schon girrt nicht mehr wie Tropfenfall
Der Turteltaube Liebeslied,
Der graue Wolf umschleicht den Stall,
Der Lilie singender Seneschall
Schlief ein im Lilienkelch, und all
Die blauen Höhen Nacht umzieht.
O Luna, hoch am Himmel du,
O schau vom Helikon ins Land,
Und wenn dein Blick den Liebsten fand,
Und wenn du siehst die Purpurschuh,
Den Haselstock, des Braunhaars Schein,
Das Geißfell, das den Arm ihm deckt,
So sage ihm, ich warte sein
Dort, wo ein Lichtlein angesteckt.

Nun zwitschert längst kein Vogel mehr,
Der Tau verschenkt die Perlenzier,
Kein Faun streift mehr im Feld umher,
Und die Narzisse, nachttauschwer,
Schloß müd das Blütentor; doch er,
Mein Liebster, kehrte nicht zu mir!
O Luna! treulos schwindest du
Und zeigst mir den Geliebten nicht,
Nicht seiner Lippen rotes Licht,
Den Schäferstab, die Purpurschuh?
Was lächelst du voll List und Hohn,
Was hüllst du dich in Nebelflor?
Ah! Du hast jung Endymion,
Du hast den Kuß, den ich verlor!

LA BELLA DONNA DELLA MIA MENTE

Von meinen Lippen atmet nur dein Name,
Kein Lied mehr schenkt mein liebekranker Mund,
Mein Leib verbrennt um dich, du süße Dame,
Und meine Füße sind vom Wandern wund.

O Hänfling in den wilden Rosenzweigen,
Nun flöte deine süßeste Schalmei,
O Lerche, laß die Liebeshymne steigen,
Denn meine edle Dame geht vorbei.

Zu schön ist sie, zu schön für das Verlangen
Entzückter Herzen; Courtisane nicht
Noch Königin kann also lieblich prangen
Und nicht im Teich das zarte Mondenlicht.

Mit Myrtenblättern ist ihr Haar gebunden,
(O grüne Blätter in dem goldnen Haar!)
Goldreifes Korn, von Winden grün umwunden,
Ist nicht so schön, ist nicht so wunderbar.

Die kleinen Lippen, die geformt zum Küssen,
Erzittern wie ein Quell, der tropfend rinnt,
Wie nach des Abends warmen Regengüssen
Die Rosen beben, weil sie trunken sind.

Wie weißer Klee, erglüht in Sonnentagen,
So ist ihr Hals, und lieblicher sein Bild
Als bei des Hänflings liebeheißem Schlagen
Die kleine Kehle, die von Tönen schwillt.

Gleich der Granatfrucht, die sich reif gespalten
Und weiße Körner zeigt, brennt rot ihr Mund;
Wie Pfirsiche, die Süßigkeit enthalten,
Lockt ihrer Wangen sanftentflammtes Rund.

O Zwillingshände, so voll hoher Güte!
O edler Leib, erbaut zu Lieb und Leid!
O Haus der Liebe! O du bleiche Blüte,
Vom Regenstrom gepeitscht in Einsamkeit.

CHANSON

Ein weißes Täubchen sei dein Teil
Und goldenen Ringes Last,
Für mich, deinen Treuen, ein hanfen Seil
Herab von starkem Ast.

Für dich ein Haus von Elfenbein
(Die Rosenlaube blüht weiß und traut)!
Für mich ein schmaler Tannenschrein
(Weiß, o weiß ist das Schierlingskraut)!

Myrte und Jasmin für dich
(Wie schön ist der roten Rose Glühn)!
Raute und Zypresse für mich
(Schöner als alle ist Rosmarin)!

Für dich drei Freier um deine Hand
(Grün Gras wächst aus dem Totenstein)!
Für mich drei Schritte breit im Sand
(Pflanz Lilien mir zu Häupten ein)!

CHARMIDES

I

Er war ein Griechenknabe, der mit Feigen
Und Weinen von Sizilien heimwärts zog,
Er stand an Schiffes Bug im tollen Reigen
Von Wind und Wogenschaum, sein Braunhaar flog
Und troff; er aber gab darauf nicht acht,
Er stand und spähte unverwandt hinein in Sturm und Nacht.

Bis morgens er, da er den Speer erkannte,
Der, ferne noch, als Goldstrich nur erschien,
Die Segel raffte und die Seile spannte
Und seinen Lotsen bat, dorthin zu ziehn,
Entgegen dem Nordwest; den ganzen Tag
Hielt er den Kurs und sang im Takte mit dem Ruderschlag.

Und als Korinths Gebirge rot erglänzte,
Warf Anker er in kleiner sandiger Bai,
Worauf er mit Olivenlaub sich kränzte
Und seine Glieder, nun von Sprühschaum frei,
Mit Ölen salbte; ein Sandalenpaar
Mit erznen Sohlen zog er an, ein Hemd, das leinen war,

Und auch ein reiches Kleid, das er erstanden
In Syrakus, ein Kleid gar wunderbar,
Auf dem sich Purpurstickerein befanden
Und das durch Fischsaft bunt gemustert war.
Dann schritt er durch der Händler laute Reihn
Hinauf durch silberigen Wald, und als der Abendschein

Mit tiefem Rot den Himmel überspannte,
Stieg er zur Höhe auf, und ungesehn
Schlich an den Priestern er vorbei und rannte
Ins Heiligtum und blieb im Dunkel stehn
Und sah die Hirten, deren Freund er war,
Das erstgeborne Lämmchen bringen und auf den Altar

Das Salz verstreun, das in der Flamme krachte,
Und ihren Schäferstab der Einen weihn,
Die Haus und Stall vor Wölfen treu bewachte,
Gesundheit gab dem Vieh und Wohlgedeihn;
Der Mädchen klares Lied schwoll hoch empor,
Und zum Altar schritt ehrfurchtsvoll ein jeder Beter vor.

Man brachte einen Becher Milch als Gabe,
Wohl auch ein Kleid, dem kühne Phantasie
Jagdszenen eingewebt, und Honigwabe,
Aus der es golden troff, Tierhäute, die
Geölt, wie sie der Ringer trägt, und auch
Den Eber, den der Artemis aus altgewohntem Brauch

Man raubte, um Athena zu gefallen,
Und brachte des gefleckten Hirsches Fell,
Den man erjagt in grünen Waldeshallen;
Zum Aufbruch riefen dann die Wächter hell –
Und aus der Göttin heiligem Säulenhaus
Zog stillbewegt und glaubensvoll das Griechenvolk hinaus.

Der alte Priester löschte alle Flammen,
Nur jene nicht, die ruhelose Glut
Durch rote Ampel sandte; Töne schwammen
Im Windeshauch, denn keck und frohgemut,
Mit Sang und Tänzen zog das Volk hinab;
Der Wächter schloß mit starker Hand die Kupfertore ab.

Der Knabe fühlte seine Pulse klopfen
Und hörte, wie der Nachtwind vom Altar
Die Rosenblätter warf, und wie das Tropfen
Vergossnen Weins so klangvoll rhytmisch war;
Er schien in Ohnmacht regungslos zu sein,
Bis oben durch das offne Dach der volle Mondenschein

Den Marmor übergoß mit hellen Wogen;
Da trat aus dem Versteck er schnell und kühn
Und riß weit auf der Zederntüre Bogen

Und sah ein ehrfurchthohes Bild erglühn,
Das Waffen trug und dem vom Helme wild
Zwei Vogelaugen funkelten; die Lanze und der Schild

Von Stahl und Stein wie rote Feuer schienen,
Und schrecklich grinste der Gorgonenkopf
Mit offnem Mund und qualverzerrten Mienen
Und schüttelte den eklen Schlangenschopf;
Die blinde Eule schrie in Angst und Wut,
Von soviel Freveltat entsetzt und soviel Wagemut.

Der stille Fischer, der sein Lämpchen putzte
Seewärts von Sunium oder mit Bedacht
Die Netze warf, schrak plötzlich auf und stutzte,
Denn erzner Hufschlag dröhnte in die Nacht,
Und Hörnerstöße gellten übers Meer –
Er sank in frommer Ehrfurcht hin und fürchtete sich sehr.

Und die zu süßestem Genuß sich einten,
Schuldige Liebende, sie ließen sich,
Weil sie Dianas Schrei zu hören meinten,
Und grimme Wächter liefen ärgerlich
Zu Schild und Speer in atemloser Hast,
Und manchen Spähers Hals ward da von Würgerhand erfaßt.

Denn um den Tempel wogte Kampfgetümmel,
Und angstvoll jeder Gott vom Marmor sprang,
Von schrillem Schlachtlärm bebten Erd und Himmel,
Bis nun Poseidon seinen Dreizack schwang,
Und stampfend, wiehernd Roß zu Roß sich fand,
Und auf zum Fries mit erznem Tritt der Reiterzug verschwand.

Zum Tod bereit, blieb er begeistert stehen,
Denn sterbenswert schien ihm die Seligkeit,
Die gottgewaltige Jungfrau nah zu sehen,
Die breite Stirn, die keine Glut entweiht;
O sterbenswertes Glück, da nie ein Mann
Seit Trojas jungem Hirtenprinz solch hohe Lust gewann.

Zum Tod bereit! Doch sieh, das Kampfgeklirre
Verstummte rings, das Wiehern scholl nicht mehr.
Da warf er aus der Stirn das Haar, das wirre,
Und riß sich das Gewand vom Leib – denn wer
Wird rasend nicht in solchem Liebesbann? –
Und kam, berührte ihren Hals, löste den Panzer, dann

Das krokusgelbe Kleid mit frevlen Händen
Und sah die glatten weißen Brüste stehn,
Bis auch der Peplos sank von ihren Lenden
Und sichtbar ward, was keiner je gesehn,
Was nie vorher Verliebtem sichtbar war:
Die mächtigen kühlen Flanken und das hohe Hügelpaar.

Ihr, die ihr nie gekannt verliebte Sünde,
Lest nicht mein Lied, das euch nichts sagen will,
Das niemals euer stumpfer Sinn verstünde –
Doch ihr, in deren bleiche Wangen still
Ein Glühn jetzt stieg, ein sehnend Lächeln kroch,
Ihr, die ihr wißt, wer Eros ist – o lauscht ein wenig noch!

Auf diesem Bilde ruhte mit Entzücken
Sein gieriger Blick, bis ihm der Atem schwand,
Weil solchen Glanz sein Auge durfte pflücken;
Wie schnell sein Mund begehrend zu ihr fand,
Zu ihrem Mund! Um ihres Halses Turm
Warf er den Arm und überließ sich seinem Liebessturm.

Nie wieder hielt Verliebter solche Feste,
Denn Wort' der Lust sprach er die ganze Nacht
Und sah die süßen Glieder an und preßte
Den weißen Leib und küßt' ihn unbewacht
Und kostc ihren glatten Hals, und heiß
Schlug sein verwegnes Herz an ihrer Brüste frostiges Eis.

Viel schwirrende Numidierspeere schienen
Tief einzudringen ihm in Hirn und Herz,
Wie Saitenschwingen tönt von Violinen,

Bebten die Nerven ihm, so süßen Schmerz
Gab ihm die Qual, daß nie den Mund er zog
Von ihrem Mund, bis in den Tag warnend die Lerche flog.

Die nie gesehn, wie Morgenfarben woben
Ins Nachtgemach, und die den Vorhang nie
Mit müder Hand geteilt und nie sich hoben
Erschöpft von göttlich liebem Leib – ja sie
Verstehen nie, was mein Gesang verrät,
Wie lang sein letztes Küssen war, sein Scheiden ach wie spät.

Es war der Mond von lichtem Reif umwunden,
– Nach Schifferglaube zeigt es Unheil an –
Und als der letzte Stern schon bleich verschwunden
Und eiligen Flugs die Dämmerung entrann
Vor einem Glanz, der ostwärts sichtbar war,
Da erst verließ der Liebende den heimlichen Altar.

Er hastete den steilen Fels hinunter
Und kam dorthin, wo in der Höhle schlief
Der große Pan, und wie ein Rehkitz munter
Sprang über grüne Hügel er und lief
Hin nach dem silbernen Olivenhag,
Der bei der schöngebauten Stadt in schattigem Tale lag.

Und eilte, bis er einen Bach entdeckte,
Ihm wohl vertraut, denn oft im Übermut
Er hier den scheuen Haubentaucher schreckte
Und fischte nach Forellen in der Flut.
Hier sank er ins bestürzte Riedgras hin,
Und keuchend harrt in süßer Angst er auf den Tagbeginn.

Er lag im Ufergrün, und in die Schnellen
Des kalten Bachs hing lässig seine Hand.
Bald atmete der Morgen kühle Wellen
Auf seine heißen Wangen oder wand
Das feuchte Haar ihm aus der Stirn; entrückt
Lag er und sah dem Wasser zu und lächelte verzückt.

Bald kam der Schäfer mit dem langen Stecken
Im rauhen Pelz und zog die Hürden auf,
Und aus dem Schornstein über Korn und Hecken
Stieg krauser Rauch in klare Luft hinauf,
Vom Hügel bellten Hunde ärgerlich,
Als raschelnd durch den dürren Farn das schwere Hornvieh
strich.

Und als durch bunt vom Tau durchwirkte Matten
Leichtfüßig querfeldein ein Schnitter zog
Und Schafe blökten aus den Heckenschatten
Und auf vom Nest der Wachtelkönig flog,
Da sahn Holzhauer dort am Waldbach ihn
Und staunten, weil so glanzvoll schön der Knabe ihnen schien.

Sprach einer: »Nicht von Sterblichen geboren
Ist dieser, nein, nur Hylas ruht so süß,
Der die Najade sich zur Lust erkoren,
Seit treulos er den Herakles verließ.«
Doch andre: »Nein, Narziß, der sich nur liebt;
Dies ist der zärtlich schöne Mund, der niemals Küsse gibt!«

Und näher tretend rief ein dritter wieder:
»Dionysos! Der hier am Bach versteckt
Sein Fell und seinen Speer und seine Glieder
Von trunknem Tollen müd ins Gras gestreckt!
Und klüger ist's, wir bleiben hier nicht stehn,
Denn jener lebt nicht lang, der die Unsterblichen gesehn.«

So gingen sie, und Hirten auf der Weide
Erzählten sie, daß drinnen tief im Ried
Sie einen Waldgott sahn. Und offne Heide
Ein jeder heut zu überschreiten mied;
Kein Ölbaum ward gefällt an diesem Tag,
Kein Schilf geschnitten, denn verlassen lag der schöne Hag.

Nur daß, den leeren Eimer auf dem Rücken,
Der Kuhbub drüben in das Riedgras lief
Und staunend stehen blieb und mit Entzücken
Den neuen Kameraden sah und rief
Und, da er Antwort nicht bekam, sich scheu
Des Weges trollt; oder daß quer übers Wiesenheu

Lachend ein liebes kleines Mädel rannte,
Noch unschuldsvoll in sehnsuchtslosem Glück,
Und, als sie dort den weißen Arm erkannte
Und all sein Mannestum, mit schwerem Blick,
Der glühend schon ihr süßes Magdtum floh,
Sein Bild sich stahl und heimwärts ging, müde und nie mehr froh.

Fern her zu ihm die Stadtgeräusche drangen
Und dann und wann ein schrilles Lachen auch
Von dort, wo fröhlich braune Knaben sprangen,
Nackt unter Hellas' warmem Himmelshauch,
Und dann und wann ein munteres Geschell,
Wenn dem geschornen Hammel nach die Herde lief zum Quell.

Die bissige Mücke tanzte durch die Weide,
Von Ast zu Ast der scheue Buchfink flog,
Die Wasserratte im geölten Kleide
Mutig stromauf zu neuem Raube zog,
Die Grille sang im Baum ihr töricht Lied,
Und Sumpfschildkröten ruderten schwerfällig durch das Ried.

Im leisen Winde schwammen seidige Samen,
Als hell die Sense schnitt durchs schwanke Gras,
Und Wasseramseln, die zum Baden kamen,
Zerstörten keck des Ufers Spiegelglas,
Und kaum war wieder fortgeschwemmt die Spur,
Als aus dem Bett der trübe Schlei nach der Libelle fuhr.

Doch wenig fragte er nach diesen Dingen;
Und daß das Eichhorn durch die Buchen lief,
Und daß vom Busch des Hänflings heißes Singen

So ruhlos nach dem braunen Liebchen rief –
Ja wenig war das ihm, dem offenbar
Athenas schöne Brust und all ihr nacktes Wunder war.

Doch als der Hirt mit seiner schrillen Pfeife
Die Ziegen sammelte am Felsenhang,
Der Kranich sich, verspätet von der Streife
Heimkehrend, durch die dunkeln Wälder schwang
Und durch die Luft ein dumpfes Summen schwoll,
Des Nashornkäfers Flügelschwung, der Sturm verkünden soll,

Und klatschend auf die Feigenblätter Regen
Herniederschlug, erhob er sich und nahm
Durch düstern Forst den Weg an Obstgehegen
Vorbei und Höfen, bis zur Bucht er kam;
Da rief er die Genossen schnell an Bord,
Nahm Platz und steuerte, das nasse Segel lösend, fort.

Doch als den langen goldnen Pfad neun Sonnen
Gegangen waren, und neun Monde auch
Den keuschen Sternen ihr Gebet gesponnen
Und dem Nachtfalter, der erwacht vom Hauch
Der silberigen Nacht, den liebsten Traum
Gebeichtet hatten, kam durch Windgewölk und Wogenschaum

Mit gelben schwefeligen Augen eine Eule
Und flog aufs Schiff, das seine Rippen bog,
Als ob durch Wogenbraus und Sturmgeheule
Es dreimal schwer die eigene Ladung zog;
Und auf aus allen Tiefen Dunkel schlich,
Verhüllt war des Orion Schwert, selbst Mars versteckte sich.

Und hinter rauchig graue Wolken stellte
Sich blaß der Mond, und von des Meeres Rand
Hob sich des Helmes Bogen, erzen schwellte
Der riesige Schild: den Speer in starker Hand
Und in entflammter Rüstung fürchterlich
Athena übers Wasser zog, das schauernd seitwärts wich.

Den stumpfen Schiffern schienen ihre Locken
Nur Sturmgewölk und ihrer Füße Pracht
Nur als des Strudelschaums hellweißes Flocken;
Und da das Wasser stieg und nun mit Macht
Ans Schiff sich warf, so rief dem Steuermann
Der alte Führer zu: »Nun wacker du! Halt luvwärts an!«

Doch er, der überkühne Gott-Entweiher,
Der nackt das heilige Mysterium sah,
Der Angebeteten ruchloser Freier –
Er lachte wild in Lust, da nun so nah
Athenas gnadenloser Blick ihn zwang.
»Ich komme!« rief er, als verzückt er in die Wirbel sprang...

Vom Himmel fiel ein heller Stern hernieder:
Ein Tänzer schied aus hohem Sternenkranz.
Und waffenklirrend schwang sich Pallas wieder
Zurück in ihr Athen, in allem Glanz
Gerächter stolzer Göttlichkeit. Ein paar
Gurgelnde Blasen stiegen noch, wo er gesunken war...

Durch Mast und Rahen grausige Schauder flossen,
Als nun mit gellem Ruf der Herrin nach
Die Eule flog; da hißten die Genossen
Das große Segel, und der Alte sprach,
Daß dicht am Heck ein Schreckgespenst gedroht.
Sturmnasser Schwalbe gleich durchflog den Ozean das Boot.

Und von Charmides, ihrem Kameraden,
Sprach niemand mehr, da man ihn schuldig fand
Ruchloser Tat. Und bei den Symplegaden
Landeten sie und zogen auf den Sand
Ihr Boot und eilten in die Stadt hinauf
Und boten ihre Töpferein am Marktplatz zum Verkauf.

II

Doch irgend ein Triton empfand Erbarmen
Und trug den Knaben heim nach Griechenland,
Meermädchen hielten ihn in ihren Armen
Und lösten seine faustgeballte Hand
Und glätteten ihm sachte Stirn und Haar
Und brachten seltne Spezerein und süßes Lied ihm dar.

Und als er nahe an Athen gekommen,
Da rollte eine mächtige Woge an,
Auf deren Bug der Schaum ein matt verschwommen
Und wirr phantastisch Blumenmuster spann,
Und hob ihn zärtlich auf und strich zum Strand,
Weißmähniges Roß, das schnaubend jagt zu grünem Weideland.

Nun gibt es, von Colonos' Strand nicht ferne,
Ein langes ebnes Grasfeld; traulich baun
Kaninchen dort, Bergbienen kommen gerne
Her vom Hymettus, und der scheue Faun
Weilt sorglos hier, wo nichts den Frieden stört:
Er hat noch keinen rohern Schrei als Schäferruf gehört.

Doch oft, wenn durch den Wald die Jäger gehen,
Geschieht's, daß sie durchs Dornenlabyrinth
Im Spiel die glatten Scheiben schleudern sehen
Auf freiem Wiesenplan jung Hyazinth;
Da ziehn sie über ihren schuldigen Blick
Die Kappen schnell und schleichen bang und ohne Laut zurück.

Im Frühschein aber wirft den Ball mit Lachen
Dort die Dryadenschar; ihr Seneschall,
Ein bockgehörnter Pan, soll sie bewachen
Vor des Poseidon frechem Überfall;
Scheu lösen sie die Gürtel, weil gar leicht
Vom Meer sie sein azurner Arm und Purpurbart erreicht.

Zwei Grotten sind die Grenzen jener Stelle,
Goldregen hängt davor; der Strand ist glatt,
Wenn nicht beim Ebben irgend eine Welle
Schwach eine Linie eingeschrieben hat,
In Furcht, daß sonst von ihrem grünen Schatz,
Dem Schilf, sie bald vergessen sei. Und doch, es ist ein Platz

So klein, daß längst schon vor dem Mittagglühen,
Und eh befriedigt noch sein gieriger Mund,
Ein Falter alle Blumen, die dort blühen,
Hätt küssen können, daß in einer Stund
Ein Schifferknab, wär er nur roh genug,
Sich dort zu pflücken einen Kranz für seines Schiffes Bug,

Fast nackt die Trift zurückgelassen hätte;
Denn die weiß nichts von bunter Eitelkeit,
Ein paar Narzissen schlingen eine Kette
Von Silbersternen durch ihr schlichtes Kleid,
Und mehr als dies ihr Kleid aus grünem Gras,
Geschmückt mit wenig Blümelein, die Wiese nie besaß.

Hierher trug ihn die Woge, solchen lieben
Und leichten Dienstes froh, und hoch am Strand,
Wo keine Wellen mehr den Sand zerrieben,
Dort legte sie den Jüngling auf das Land,
Und wie Verliebter küßt, wenn Trennung droht,
So küßte sie die bleichen Glieder, die so heiß geloht

Einst, ehe noch das Meer den Brand erstickte
Und alle Lustbegehr, eh noch verfrüht
Der Tod sich diese Lilien grausam pflückte,
Die weiß und rot und lebensvoll geblüht
Und, wenn der Knabe durch die Wälder sprang,
Einander fröhlich feierten in süßem Wettgesang.

Und als im Frühlicht Hand in Hand sich einte
Zum Reigen die Dryadenschar, sah bald
Ihr Satyr dort den bleichen Leib und meinte,
Das sei Poseidons List, und schrie; zum Wald

Flohn da die Mädchen schnell ins dichte Grün,
Gleich feinen Sonnenstrahlen, die in schattiges Dickicht ziehn.

Nur eine dachte, daß sie's schlimm nicht fände,
Wenn eines Meergotts Liebe-Tyrannei
Um ihre kleinen Brüste gierige Hände
Zermalmend preßte, und daß Schelmerei
Gewiß und süße List er angewandt,
Um Mädchenkeuschheit zu betören, kehrte um und fand,

Daß es nicht Sünde sei, sich hinzugeben
So schönem Gott, und schmiegte sich ihm an,
Strich leis sein Haar, und mit dem heißen Beben,
Das nur die durstige Liebe schenken kann,
Gab sie, ihn zu erwecken, seinem Mund
Viel wildes Küssen und entfloh dann schamhaft wieder und

Kam schnell zu neuem Sturm zurück, und wieder
Lag sie bei ihm, hielt lachend seine Hand
Und sang ihm ihres Waldes süße Lieder
Und zürnte dann, weil sie ihn launisch fand,
Denn unbegreiflich schien ihr sein Verzicht –
Daß er Proserpina geschaut, das wußte sie ja nicht.

Und wußte nicht von seiner großen Sünde
Und sprach: »Ich kenne ihn, denn er erwacht
Gewiß beim ersten Hauch der Abendwinde,
Wenn von der Burg Korinths herniederlacht
Der Sonne goldner Schild; sein Schlaf ist List,
Damit ich mehr ihn liebe – und im Ozean drunten ist,

Viel tiefer als des Fischers Netze fallen,
Schon ein Triton zu unserm Dienst bereit,
Girlanden flicht er aus den Blattkristallen
Des Meerestangs, und diesen Schmuck verleiht
Er unsres Brautbetts tief smaragdnem Pfühl;
Korallenkrone ziert uns dort, und silbern Schaumgewühl

Wird klingend unsern Perlenthron umschwingen
Und blaue Woge unser Ruhbett sein;
Gewappnet mit demantnen Panzerringen,
In ihrer Rüstung amethystnem Schein,
Sind Wasserschlangen nah, und bei dem Mast
Der sturmertrunknen Schiffe halten dicke Barben Rast

Mit goldgestielten Augen und mit Flossen
Von hellem Rot, und in der Tiefe liegt
Des Meers kristallner Saal uns weit erschlossen;
Delphine ruhen dort in Schlaf gewiegt,
Wo Proteus in der seltsam grünen Tracht
Auf felsiger Trift der Ungeheuer grausige Schar bewacht.

Und Anemonen in opalnem Glanze
Verneigen sich, wenn wir vorübergehn,
Und goldgeschuppte Fische nahn zum Tanze,
Und zahllos werden sie den Reigen drehn
Im Takelwerk, das ihre Hast zerpflückt –
Und die verschlungnen Glieder uns der gelbe Bernstein
schmückt.«

Doch als der Sonnengott mit hellen Fahnen
In seinen goldenen Palast verschwand
Und auf den weiten dunklen Himmelsbahnen
Mit seinem Licht sich Stern zu Sternchen fand,
Da fürchtete sie doch, daß nimmermehr
Sein Mund nach ihrem Munde trüge sehnende Begehr,

Und rief: »Wach auf! Denn silbern schon erbleichen
Im Mondlicht rings die Bäume, her zum Sand
Die langen grauen kühlen Wellen schleichen,
Der Ziegenmelker kreischt vom Höhlenrand,
Die Fledermäuse flattern, und durchs Laub
Schleicht mit den hohlen Flanken schon das Hermelin auf Raub.

Du bist ein Gott – was bist du nicht verwegen? –
Am Bach dort jene Binse flüstert viel,
Daß einst im Wiesengras bei ihr gelegen
Ein schöner Knabe, dem sie wohlgefiel,
Und der, nachdem er grausam Lust genoß,
Die goldnen Schwingen rauschend hob und hoch im Licht zerfloß.

Sei nicht so scheu! Noch muß der Lorbeer träumen
Vom Kuß Apolls, und deren Schwestern dort
Am Meeresstrand den Hügelabhang säumen,
Die Föhre weiß noch manches wilde Wort
Des kecken Räubers Boreas, und nah
Im Laub der Pappel einst ich selbst des Hermes Augen sah.

Und – eifersüchtige Najaden nennen
Mich schön, und jeden Morgen wirbt um mich
Ein junger Hirt, und seine Blicke brennen,
Obstgaben bringt er mir, und flehentlich
Hofft er, daß nun auch meine Glut erwacht;
Und gestern war's, daß er ein blaues Täubchen mir gebracht,

Das morgens erst der Grausame gestohlen
Mitsamt der Eierchen geflecktem Schatz
Aus hohem Feigenbaum, als Beeren holen
Das Männchen war und fern vom Brüteplatz;
Und so beharrlich kehrt die Wespe nicht,
Die als die erste Winzerin die reifen Beeren bricht,

Zum Rebenstock zurück, als dieser Knabe
Beharrlich treu um meine Liebe wirbt,
Um meiner armen Lippen kleine Gabe;
Gewiß, dem Flehen seiner Blicke stirbt
Wohl leicht Dryadenpflicht und Widerstand,
Denn er ist schön, sein Mund ist rot und zärtlich seine Hand.

Und wie des Mondes silbernes Erscheinen
Wölbt halbkreisförmig seine Stirne sich
Auf dunkeln Brauen-Hügeln auf, und einen
So stattlichen Geliebten, denke ich,
Hat selbst Kythera nicht; schon ist zu schaun
Auf seinen Wangen seidiger Flaum, und er ist stark und braun.

Und er ist reich: auf seine grünen Matten
Treibt er viel fette wollige Herden aus,
Und viele rahmgefüllte irdene Satten,
Der diebischen Fliege Tod, hat er im Haus,
Kleewiesen blühen rosenrot für ihn,
Und auf der Hirtenflöte weiß er viele Melodien.

Und doch: ich lieb ihn nicht; für dein Verlangen
Bewahrt ich meine Liebe, dein Begehr
Sollt sieghaft meinen Mädchenleib umfangen,
Du schönste Blume aus dem weißen Meer
Des Wogenschaums, du glanzvoll strahlend Licht
Des blauen Himmels, der den Sternen Spiegelbilder flicht!

Ich wußte, daß du kämst, denn als der kahle
Und dürre Wald von erstem Knospen schwoll
Und meines Stammes zarte grüne Schale
Lenzsaft durchrann und weiß und wundervoll
Aus meinen Blüten sich ein Licht ergoß,
Das in die Nacht wie Glanz von tausend winzigen Monden floß,

Und als der Drosselschlag das Eichhorn weckte
Und an dem Rain die Kuckucksblume stand,
Da war's, daß sich mein Laub in Gluten streckte,
Und heiß durch jedes Äderchen sich wand
Die Leidenschaft, die meine Zweige bog,
Und die mit wildem Pulsen meinen schmächtigen Stamm
durchflog.

Und abends kommt nun oft ein Rudel Rehe,
Die pressen kühl an meinen tiefsten Ast
Die schwarzen Nasen an, und ach, ich sehe
In meinem Wipfel eine süße Last,
Ein Amselnest; und manchmal zwitschernd fliegt
Ein Goldhähnchen auf dünnsten Zweig, der es glückselig wiegt.

Ich war der attischen Hirten Sammelstelle,
In meinem Schatten Amaryllis schlief,
Und um mich her der stürmische Geselle,
Der Daphnis, nach dem scheuen Liebchen lief,
Bis sich in ihrem Haar sein Atem fing,
Daß sie erschauernd stehen blieb und nicht mehr von ihm ging.

So komm mit mir in Waldes Einsamkeiten,
Wo Geißblatt einen Baldachin uns flicht,
Wo paphische Myrten milden Schatten breiten,
Der unsre süße Feier heilig spricht;
Dort tief versteckt im tiefsten Waldbereich
Liegt kühl und still und weihevoll ein vielumblühter Teich,

Der Amsel Badeplatz, der Bienen Weide,
Denn rund am Ufer schwimmt im matten Glanz
Der weißen Segel und mit Goldgeschmeide
Befrachtet Boot an Boot ein voller Kranz
Teichlilien, und Libellen steuern sie, –
So komm, verlaß den bleichen Strand, denn sicherlich gedieh

Für Liebende so schön der Ort; zuweilen
Geht abends Kypris mit dem Liebsten dort,
Auch Luna sah ich hier die Schleier teilen,
Und selbst die letzte Hülle warf sie fort
Vor jung Endymion; so habe Mut!
Nie hat Dianas Pantherblick auf jenem Platz geruht.

Doch wenn du willst, – zurück in wilde Wogen,
Ins ungestüme Meer laß uns entfliehn
Und durch die hohen und kristallnen Bogen

Neptuns in die gewaltigen Tiefen ziehn,
Wo Xiphias kühn von seinem Lager springt
Und der Polypen plumpes Spiel uns schauerlich umringt.

Denn wenn die Herrin hier mich liegen fände,
Übte sie kein Erbarmen, nein, in Wut
Würf sie den Speer zu Boden, ihre Hände
Spannten des Kirschholzbogens Sehne gut,
Sie höbe ihn zur Brust und zielte kalt
Und löste die gespannte Schnur, – ach eben jetzt vom Wald

Ertönt ihr schneller Schritt, – erwach, erwache,
Der du so träg im Liebeskampf! Einmal
Laß Leidenschaft mich trinken, einmal mache
Mein Dürsten still in seligem Bacchanal,
Das selbst die Götter lieben! O komm schnell,
Noch können wir uns retten in dein blaues Meerkastell.«

Sie hatte kaum gesprochen, als ein Grausen
Die Bäume und die Blätter bog, es quoll
Die Luft, der Gottheit voll, zurück mit Brausen
Eilte die Brandung, und ein Hornstoß schwoll,
Und eines Bluthunds Bellen gellte drein,
Und schwirrend hin zum Strande flog ein Pfeil wie Flammenschein.

Und wo die zarten Blumen ihrer Brüste
Milchweiß erblühten, drang er grausam ein,
Der mörderische Buhle! Und dort küßte
Er in ihr kleines Herz sich tief hinein
Und grub sich eine Furche blutig rot
Mit scharfem, erznem Zahn und brachte ihr so frühen Tod.

Und nieder sank das Mädchen auf den Knaben
Mit bittrem Schrei und müdem Schluchzen dann,
Mit Schluchzen um die süßen Liebesgaben,
Davon ihr Magdtum keine noch gewann,
Um all die Dinge, die sie nie genoß –
Und rote Jugend tropfenweis aus ihrem Herzen floß.

Ach traurig wars, ihr Seufzen um das Leben,
Ihr Sterben anzusehn, eh' nur einmal
Dem Glück der Wollust sie sich hingegeben,
Und eh' sie kannte jene süße Qual,
Die nicht zu kennen – nicht zu leben heißt,
Und die zu kennen – tief hinab in Todes Knechtschaft reißt.

Da kams, daß Kypris heim nach Paphos eilte,
Nachdem sie mit Adonis diese Nacht
In einer Hütte in Arkadien weilte;
Viel Silbertauben zogen schnell und sacht
Hoch oben zwischen Berg und Morgenstern
Den goldnen Wagen hin, der allen Menschenblicken fern.

Und als sie nun zur Erde niederschaute
Und der Dryade Klageschrei vernahm,
Der durch die Lüfte drang wie Geigenlaute
Und hoch hinauf in Sternenhöhe kam,
Da ließ sie sich hinab zum Strand und sah
Des unglückseligen Paares jammervolles Schicksal da.

Denn wie zwei zarte Rosenstöckchen liegen
Und welken an des Blumenbeetes Rand,
Nur weil ein Gärtner bei dem Sensenwiegen
Sie niederschnitt mit unbewachter Hand,
Da er den Kopf nach eines Hänflings Sang
Umwandte, der aus nahem Busch zum Abendhimmel drang;

Wie zwei Narzissen, die zu frohem Küssen
Gemeinsam lockten manchen Schmetterling
Und Frühlingskäfer, traurig sterben müssen,
Nur weil ein Hirtenknabe abseits ging
Mit seiner kleinen Schar vom Wiesenpfad
Und sie zertrat mit leichtem Fuß, der nicht zu solcher Tat

Geschaffen war; und wie im Sonnenbrande
Zwei Wasserlilien welken auf dem Gras,
Nur weil ein Schulbub dort am Bachesrande,
Des Buches müde, Blumen pflückend saß

Und bald auch müde wurde dieser Zier
Und weiter ging: gerad so lagen diese beiden hier!

Und Venus rief: »Nur Artemis die schlimme
Hat roh begangen solche Grausamkeit;
Vielleicht auch jene Starke, die im Grimme
Unnahbar majestätischer Sprödigkeit
Die Tugend wahrt am Hügel zu Athen.
Ach, ungeliebt soll solch ein liebes Paar zum Hades gehn?«

Sie legte sacht in ihren großen Wagen
Den Knaben neben die Dryade hin,
An deren Hals noch zitterte das Schlagen
Des Adermusters unterm blassen Kinn,
Und deren Brust noch wogte schwach belebt,
Wie windbewegt vor kalter Nacht die weiße Lilie bebt.

Dann hob der Tauben milchiges Gewimmel
Den Strahlenwagen auf und zog daher
Auf hoher Bahn am bleichen Dämmerhimmel
Wie Wolkenflaum übers Ägäische Meer,
Bis dumpf die Luft erfüllte jener Sang,
Der nach dem blutigen Thammuz ruft die ganzen Nächte lang.

Doch als das Ziel erreicht war am Gestade,
Wo seines Marmors Schnee das Treppenrund
Ins Meerbad taucht, entrang sich der Dryade
Flatternde Seele grad dem süßen Mund
Und floh dahin, und Venus wußte: ein
Liebliches Mädchen weniger wird ihr zu Diensten sein!

Dann ließ sie schnitzen eine Zederntruhe,
Auf der all dies Begebnis dargestellt,
Drin fanden die zwei jungen Körper Ruhe;
Auf Paphos Hügeln, wo ein Ölbaumfeld
Den blauen Himmel zarter macht, dort wo
Das Reh am Mittag schreit und Nachtigallen sehnsuchtfroh

Die Nacht durchsingen, schliefen unterm Grase
Die zwei, eh' noch im nächsten Morgentau
Der Hirsch zum Frühtrunk eilte und der Hase
Die Lerchen weckte, eh' noch in der Au
Die frühste Biene die Narzissen nahm
Und eine Felseidechse übern Stein gekrochen kam.

Und als es Tag ward, kniete in der Nähe
Venus die Königin und bat in Qual
Proserpina, daß sie vom Tod erflehe,
Dem bleichen Gott, der ihr den Gürtel stahl,
Daß *einmal* über Charons eisigen Fluß
Die Liebe ziehen dürfe und der selige Genuß.

III

Im Acheron, dem melancholisch dunkeln,
Fern von des Erdenlebens lichter Pracht,
Wo nie ein Frühling blüht, noch Sonnenfunkeln
Die Apfelbäume füllt, noch Mailuft sacht
Mit Roßkastanienschnee das Gras durchflockt,
Noch Amsel singt, noch süß sein Weib das Hänflingsmännchen lockt,

Dort bei der undurchsichtigen Lethequelle
Lag müde jung Charmides, und er brach
Den Asphodelos, warf ihn in die Welle
Der dumpfen Wasser, sah den Blüten nach
Und schaute zu, wie Stern um Stern verblich
Im Strom des Schattenlandes, das verblaßtem Traume glich.

Und wie er also starrte in den glatten
Stromspiegel und sein eigen Antlitz fand,
Bleich zwischen Braunhaar, glitt es wie ein Schatten
Quer übers Wasser: eine kleine Hand
Stahl sich in seine, und ein warmer Mund
Berührte ihn und tat ihm seufzend sein Geheimnis kund.

Da schaute er – und immer mehr verstrickte
Sich Blick in Blick, und immer näher fand
Sich Mund zu Mund, bis Mund auf Mund sich drückte,
Nun *einer* Rose gleich in rotem Brand.
Er schlang um sie der Arme engen Ring
Und fühlte ihres Busens Schlag, daß heiß sein Atem ging.

Und all sein Mannestum war ihrem Kusse,
Und all ihr süßes Magdtum seiner Lust.
Wie wuchs und sank im flammenden Genusse
Die Glut so Glied an Glied. – Doch ach, bewußt
Ist mir: der Liebe Preis ist ungeschickt!
Genug daß Eros selbst auf blumenlosen Plan geblickt.

Zu kühne Poesie, wozu dies Ringen
Nach einem Sang der Leidenschaft? O schließ
Um den vermeßnen Ikarus die Schwingen:
Laß ruhn dein Lied verborgen im Verließ
Der Leier, bis den Quell du in der Trift
Kastaliens fandst, in Lesbiens Flut Sapphos ertrunknen Stift.

Genug, genug, daß ihm nun, dessen Leben
Ein feuriger Pulsschlag Sünde war und nur
Ein schandbar Fest, im Hades war gegeben
Ein Erntebündel von der Flammenflur,
Wo Leidenschaften wandeln unbeschuht
Und unverletzt – genug, daß *einmal* sich in jener Glut

Die beiden küssen durften, ach, da alles
In einer einzigen Ekstase loht,
Die stirbt im Sturm des eignen Überschwalles –
Bevor zu ihrem Dienst sie das Gebot
Proserpinas zum schwarzen Thron befahl
Des Gottes, der in Ennas Flur ihr einst den Gürtel stahl.

GOLDBLUMEN

IMPRESSIONS

I. Les Silhouettes

Die See liegt grau und bäumt sich matt,
Des Windes Flöten sind verstimmt,
Und über trägen Wassern schwimmt
Der Mond wie ein verwehtes Blatt.

Das schwarze Boot auf bleichem Sand
Hebt klar sich ab, ein Schiffersohn
Umklettert diesen lieben Thron
Und lacht und reckt die helle Hand.

Brachvögel hoch die Kreise drehn,
Dort wo durchs düstre Hochlandgrün
Braunbrüstige junge Schnitter ziehn
Und schwarz am hellen Himmel stehn.

II. La Fuite de la Lune

Die Sinne wiegt ein Friedenshauch,
Der alles sanft in Träume wiegt,
Rings schweigt, was tief beschattet liegt;
Und was belichtet ist, schweigt auch.

Nur noch ein schrilles Echo höhnt
Trostlosen Vogelruf: es rief
Ein Wachtelkönig, der schon schlief,
Nach seinem Weib – und Antwort tönt.

Da flammt der Himmel blitzerhellt –
Und seine Silbersichel zieht

Der Mond zurück, und hastig flieht
Er gelbverhüllt und angstentstellt.

KEATS' GRAB

Aus Leid erlöst und Undank dieser Welt,
Als Lieb und Leben ihm noch junge Gaben,
Liegt hier der jüngste Märtyrer begraben,
Hoch überblaut von Gottes Himmelszelt.

Schön wie Sebastian, früh wie er gefällt!
Cypressen nicht noch Taxusbüsche gaben
Ihm Schatten hier, doch liebe Veilchen haben
Sich immerblühend um sein Grab gestellt.

Du stolzes Herz, gebrochen du in Leid!
Du süßer Mund, du süßester seit Hellas!
Du Englands Dichter-Maler! Fielst du auch:

Dein Name steht! Durch alle Ewigkeit
Düngt unser Weinen ihn, wie Isabellas
Schmerzträne grünend hielt Lorenzos Strauch.

THEOKRITUS

Eine Villanelle

O Sänger der Persephone!
In düstrer Felder Einsamkeit
Gedenkst du noch Siziliens je?

Noch fliegt die Biene durch den Klee
Um Amaryllis prunkhaft Kleid,
O Sänger der Persephone!

Simaetha ruft nach Hekate
Und hört am Tor der Hunde Streit;
Gedenkst du noch Siziliens je?

Noch bei der lichten sanften See
Klagt Polyphem in lautem Leid;
O Sänger der Persephone!

Und noch nach der geliebten Fee
Jung Daphnis kindlich werbend schreit;
Gedenkst du noch Siziliens je?

Und eine Ziege weiß wie Schnee
Hält Lakon stets für dich bereit,
O Sänger der Persephone!

Gedenkst du noch Siziliens je?

IM GOLDGEMACH

Eine Harmonie

Ihre Elfenbeinhände auf Elfenbeintasten
Sie tanzten in launig-phantastischem Traum,
Wie die blassen Blätter beim Windeshasten
Versilbert flimmern im Pappelbaum,
Wie die Wogen die Zähne zeigen im Schaum
Des flatternden Sturms auf dem See ohne Rasten.

Ihr Goldhaar floß nieder vor goldner Tapete,
Wie wenn um flammender Blüten Pracht
Ein zartes Spinnengewebe wehte,
Wie Sonnenblume zur Sonne lacht,
Wenn vergangen die eifersüchtige Nacht
Und umstrahlt stehn die Speere der Lilienbeete.

Und mit süßroten Lippen küßte sie meine,
Sie glühten wie Flamme rubinrot, gesetzt
In die schwingende Ampel im roten Schreine,
Wie die Frucht des Granatbaums, blutend verletzt,
Wie das Herz des Lotus, mit Blute benetzt
Aus Trauben von rosenrotem Weine.

BALLADE DE MARGUERITE

Normannisch

Ich bin müde zu jagen durch Wald und Wind,
Wenn die Ritter bei Markte versammelt sind.

»Geh nicht in die Stadt mit den Dächern rot,
Die Hufe der Kriegsrosse treten dich tot.«

Wo die Edlen reiten, da will ich nicht stehn,
Will nur meiner Herrin zur Seite gehn.

»Hilf Himmel, hilf Himmel! Was macht dich so dreist?
Ein Jägersohn nimmer aus Goldschüsseln speist.«

Ach, ob sie denn weniger Liebe mir hegt,
Weil mein Vater das grüne Jägerwams trägt?

»Sie spinnt wohl und webt ein geziertes Gewand,
Spindel und Webstuhl sind fremd deiner Hand.«

Und spinnt sie und webt sie ein prächtiges Kleid,
So dreh ich den Faden beim brennenden Scheit.

»Sie zieht wohl zu jagen auf Hirsch und auf Reh,
Wie willst du ihr folgen über Hügel und See?«

Und wenn mit dem Trosse zum Jagen sie zieht,
Ich lauf ihr zur Seite und blase das Lied.

»Sie kniet wohl zu beten in Saint Denis.
(Gib Heil ihrer Seele, o Jungfrau Marie!)«

Und kniet sie und betet in heiliger Ruh,
So schwinge ich Rauchfaß und Glöcklein dazu.

»Komm herein, du mein Sohn, wie bist du so bleich,
Dein Vater füllt dir den Bierkrug gleich.«

Wer sind diese Ritter auf prunkendem Roß?
Reitet zu Spielen und Festen der Troß?

»'s ist der König von England über dem Meer,
Unser Land zu besuchen kam er wohl her.«

Was läuten die Glocken so dumpf und bang?
Wie Trauergeläut zieht der Zug entlang.

»'s ist Hugh von Amiens, meiner Schwester Knab,
Seine Tage sind hin, und man trägt ihn zu Grab.«

Nein, nein, ich sehe ja Lilien klar,
Es liegt kein Mann auf der Totenbahr.

»'s ist Dame Jeanette, die Handelsfrau,
Daß der Herbst sie nähme, ich wußt es genau.«

Frau Jeanette hat nicht solch goldbraunes Haar,
Frau Jeanette kein jungschönes Mädchen war.

»So kann sie von unserer Sippe nicht sein.
(Die Jungfrau wasche die Seele ihr rein!)«

Nun hör ich der Knaben so süßes Lied:
»Elle est morte la Marguerite.«

»Komm leg dich aufs Bett, mein Sohn, komm herein
Und laß mit den Toten die Toten allein.«

O Mutter, du weißt es, ich liebte sie treu:
O Mutter, hat *ein* Grab Raum für zwei?

DER KÖNIGSTOCHTER SCHULD

Bretonisch

Sieben Stern im Wasser gleiten,
Sieben am Himmel sind,
Sieben Sünden immer geleiten
Das arme Königskind.

Rote Rosen zu Füßen ihr blühn,
(Rosen sind rot im rotgoldnen Haar).
Und zwischen Busen und Gürtel glühn
Roter Rosen ein Paar.

Schön ist der Held, der erschlagen ruht
Drunten in Ried und Gras,
Mageren Fischen mundet gut
Ein toter Mann zum Fraß.

Süß ist der Page, der dort liegt
(Kostbar die goldene Tracht),
Sieh, wie der Rabenzug dort fliegt,
Schwarz, o schwarz wie die Nacht.

Was wollen die dort so steif und tot?
(Blut färbt der Prinzessin Hand.)
Was sind die Lilien gefleckt so rot?
(Blut färbt den Ufersand.)

Reiten zweie aus Nord und West
Und zweie aus Ost und Süd,
Für die schwarzen Raben ein köstliches Fest,
Für die Königstochter Fried.

Doch Einer treue Liebe ihr gab,
(Rot o rot ist Schuld und Blut!)
Beim dunklen Taxus gräbt er ein Grab,
(Ein Grab ist für zweie gut.)

Nicht Mond noch Stern zu finden,
Schwarz liegen Fluß und Flur,
Ihre Seele trägt sieben Sünden,
Seine Seele trägt eine nur.

AMOR INTELLECTUALIS

Oft zogen wir durch das kastal'sche Land
Und hörten Alltagsgeistern unvertraut,
Antiker Flöten hold sylvan'schen Laut,
Steuerten oft hinaus vom sichern Strand

Ins Meer, das in der Musen Herrschaft stand,
Und furchten frei die Flut durch Gicht und Schaum
Und erst wenn voll war unsres Schiffes Raum,
Wurden die störr'gen Segel heimgewandt.

Dies bleibt nun als der kühnen Fahrten Lohn:
Sordellos Glut, die Honigmelodien
Endymions, des jungen, Tamerlan,

Der seine Dirnen austreibt, und voran:
Des ernsten Milton hehre Harmonien
Und Dantes siebenfältige Vision.

SANTA DECCA

Die Götterwelt ist tot: schon lang vermißt
Die herbe Pallas den Olivenkranz,
Persephone das Korn. Im Mittagsglanz
Das Hirtenlied die Furcht vor Pan vergißt,

Denn Pan ist tot! Mit ihm erstorben ist
Der heiße Jubel, den der Wald einst sah,
Und keine Quelle ist für Hylas da;
Denn Pan ist tot, und Gott ist Jesus Christ.

Und doch – vielleicht auf diesem Eiland hier
Liegt, kauend der Erinnrung bittre Frucht,
Irgend ein Gott versteckt im Asphodill.

Ach Lieb, und wäre wirklich einer hier,
So trieb uns wohl sein Zorn zu schneller Flucht.
Doch horch, da raschelts! Lauschen wir – sei still!

EINE VISION

Gekrönt zwei Könige, und nah allein,
Das Haupt von keinem Lorbeerkranz beschwert,
Noch Einer, ernsten Auges, wie verzehrt
Von trostlos ewig wacher Menschenpein

– Kann doch kein Opfertier von Schuld befrein –,
Mit süßen Lippen, leid- und kußentbrannt.
Er stand in schwarz und purpurnem Gewand,
Und ihm zu Füßen aus zerborstnem Stein

Wie Tauben stiegen Lilien an sein Knie.
Dies Bild fiel in mein Herz wie Flammenbrand.
Und Beatricen rief ich: »Wer sind die?« –

Und sie, der jeder Name wohlbekannt:
»Der erste Aeschylos, dann Sophokles,
Und dort (o Tränen, strömt!) Euripides.«

IMPRESSION DU VOYAGE

Der Himmel brannte in opalner Glut,
Das Meer lag saphirfarben, und geschwind
Blies in die Segel uns ein guter Wind,
Und blaue Lande tauchten aus der Flut.

Ich stand am Bug; wie pulste heiß mein Blut!
Zakynthos! Jeden Ölhain konnt ich sehn;
Sah Ithaka, Lykaon auferstehn;
Sah dann Arkadiens blumige Hügel gut.

Die Segel klatschten um des Mastes Rund,
Die Wellen kicherten vertraulich mit
Dem leisen Kichern aus der Mädchen Mund –

Sonst alles still. Als westwärts dann der Brand
Der roten Sonne auf den Wassern ritt,
Da war's, daß endlich ich auf Hellas stand!

SHELLEYS GRAB

Riesen-Cypressen um gebleichten Stein,
Wie schwarze Fackeln um das Bett des Kranken;
Hier mögen nachts sich kleine Eulen zanken
Und tags Smaragdeidechsen sorglos sein.

Wo roter Mohn entflammt im Mondenschein –
In jener Pyramide stillem Raume
Lauert gewiß die Sphinx gleich dunklem Traume,
Läßt nichts in diesen Park des Todes ein.

Ach, süß ist's wahrlich, in der Erde Schoß,
Im Schoß der Mutter ewigen Schlafs zu liegen!
Doch süßer fern für dich ein ruhelos

Blaugrottig Grab, wo Tiefentöne wiegen,
Oder wo nachts die Schiffe trifft ihr Los:
Auf flutzerfreßnen Riffes steilen Stiegen.

AM ARNO

Der Mauer-Oleander füllt
Karminrot sich im Dämmerlicht,
Obgleich noch bleiches Dunkel dicht
Wie Leichentuch Florenz umhüllt.

Es glänzt der Tau den Weg entlang,
Es glänzen alle Blüten dort,
Doch ach! die Grashüpfer sind fort,
Es schweigt der kleine attische Sang.

Nur durch die zitternden Blätter all
Zieht leis das Atmen frischer Luft,
Und in des Tales Mandelduft
Singt einsam noch die Nachtigall.

O Nachtigall, der Tag macht bald
Dich still, – o sing um Liebe fort,
So lang des Mondes Pfeile dort
Zersplittern auf dem dunklen Wald.

O sing, bevor ins stumme Land
Meergrün der Morgennebel steigt
Und bangem Blick der Liebe zeigt
Der Dämmrung lange weiße Hand,

Die schnell im Osten aufwärts ragt,
Daß todesbang die Nacht erschrickt,
Und nichts nach dem, was mich entzückt,
Und nach der sterbenden Nachtigall fragt.

IMPRESSIONS DE THÉÂTRE

FABIEN DEI FRANCHI

An meinen Freund Henry Irving

Der stille Saal, der Schatten schwer geballt,
Der Toten Schritt, das jäh gesprengte Tor,
Der Bruder, der ermordete, davor,
Des Geistes Hand auf deiner Schulter kalt,

Der Zweikampf einsam dann im tiefen Wald,
Gebrochne Schwerter, Aufschrei, dickes Blut,
Und nun ein großer Racheblick – ganz gut,
Allein, gemacht für höhere Gestalt,

Sollte auf dein Gebot der tolle Lear
Mit seinem Narren wandern durch die Heide,
Gellend von ihm verspottet, Romeo dir

Seine Geliebte locken, Angst und Graun
Dir Richards feigen Dolch ziehn aus der Scheide –
Trompete du für Shakespeares Lippen traun!

PHÈDRE

An Sarah Bernhardt

Wie leer und schal muß diese Welt dir sein!
Das Höchste konntest geistreich du verhandeln
In Florenz mit Mirandola und wandeln
In der Akademie Olivenhain,

Die Rohre wählen für die Melodein
Des ziegenfüß'gen Pan, und wo aus Träumen
Ulyß erwacht unter phäak'schen Bäumen,
Dich in der weißen Mädchen Spiele reihn.

Gewiß, in einer attischen Urne lag
Dein blasser Staub und du kamst wieder her
In diese Alltagswelt so schal und leer,

Weil dir zur Last ward der sonnlose Tag,
Die schweren Aun duftloser Asphodelen,
Der liebelose Kuß der Schattenseelen.

SONETTE GESCHRIEBEN IM LYCEUM-THEATER:

I PORTIA

An Ellen Terry

Nicht wundert mich Bassanios kühner Mut,
Sein alles auf das Spiel zu setzen, nicht,
Daß Aragons, des stolzen, Hoffart bricht,
Noch daß kalt wird Marokkos heißes Blut.

Denn, goldner als der goldnen Sonne Glut,
In diesem Prunkkleid aus plattiertem Gold
War halb so schön, wie ich dich schauen sollt',
Kein Weib, drauf Veroneses Blick geruht.

Doch schöner, als im nüchternen Gewand
Des Anwalts du erscheinst, Weisheit zum Schild,
Da nach Venedigs Recht Antonios Pfand

Dem tück'schen Juden schon verfallen gilt –
O Portia! nimm mein Herz, zu Rechte dein,
Und nie wohl führ' ich Klage um den Schein.

II KÖNIGIN HENRIETTA MARIA

An Ellen Terry

Harrend des Siegs, steht sie im Zelt allein,
Die Augen trüb von Kummernebeln, bleich,
Der blassen Lilie wohl im Regen gleich:
Doch nimmer flößt gemeine Furcht ihr ein

Der Waffen Schall, des Himmels blut'ger Schein
Des Kriegs Verderb, der Fall der Ritterschaft:
Mit stolzer Seele in der Liebe Kraft
Harrt sie des Königs ihres Herrn allein.

O Goldhaar! Purpurmund! O Angesicht,
Gemacht, daß jeder Mann nach dir entbrennt!
Du machst vergessen Mühe mich und Pflicht,

Den liebelosen Pfad, der Rast nicht kennt,
Der Zeit Gewalt, der Seele eitles Streben
Und Freiheit und republikan'sches Leben

CAMMA

Wie die ein griechisches Gefäß betrachten
Voll schönen Bildereien von attischer Hand,
Göttin und Gott, Jungfrau und Mann, gebannt
Von all der Schönheit, nicht des Tags mehr achten

Und seiner Helle, muß ich so nicht schmachten
Nach reinen Glücks verschwiegnen Monden, sprich,
Seh ich antik erhaben mitten dich
Im Tempel Artemis', dem streng bewachten?

Und doch wär' lieber mir, du spieltest jene
Schlange vom Nil, die in des Zaubers Fron
Trunkne Cäsaren hielt – komm auf die Szene,

Großes Ägypten, mit all deiner Pracht!
  Von Übersinnlichkeit schier krank gemacht,
  Sei Aktium die Welt, ich dein Anton!

PANTHEA

Nein, allen Feuern wollen wir uns geben,
Dem Schmerz, den Leidenschaft und Lust entfacht,
Ich bin zu jung, um ohne Wunsch zu leben,
Zu jung bist du, um diese Sommernacht
Mit jenen toten Fragen hinzubringen,
Auf die seit grauen Zeiten doch wir Antwort nicht erringen.

Denn Fühlen, Lieb, ist besser als Erkennen,
Und Weisheit ist ein kinderloses Gut,
Ein Pulsschlag Leidenschaft, ein Lustentbrennen
Ist mehr als Lehre, die im Sprichwort ruht.
O grüble nicht um Worte, die zerstieben;
Ward uns denn nicht ein Mund zum Kuß, ein Herz
um heiß zu lieben?

Hörst du der Nachtigall so süße Lieder?
Wie Wasser rinnen sie, aus Silberkrug;
In bleicher Eifersucht blickt Luna nieder,
In Neid, daß sie auf hohem Himmelsflug
Nicht lauschen kann dem liebentzückten Singen –
Blick auf! – schon will um jedes Horn sie Nebelschleier schlingen.
Der Lilienkelch, drin goldne Bienen träumen,
Der Blütenschnee, den linder Frühlingswind
Herniederweht von den Kastanienbäumen,
Ein heller Knabenleib im Bach, – o sind
Dir diese Dinge nicht genug? Ach nimmer
Enthüllen uns aus ihrem Schatz die Götter hellern Schimmer.

Denn überdrüssig sind sie unsrer Sünden
Und unsres Mühns, für Jugend, die verrann,
Die wir vergeudeten, noch Trost zu finden
In Qual, Gebet und Buße, . . . nie fortan
Erhören sie mehr Gute oder Schlechte
Und lassen regnen auf Gerechte und auf Ungerechte.

Behaglich liegen unsre Götter, liegen
Und streuen Rosenblätter auf den Wein,
Wo Asphodelen sich um Lotus schmiegen,
Da schlafen sie vom Lied der Bäume ein,
Der Zeit gedenkend, eh sie noch gesehen,
Was Menschenherzen böses träumen und im Traum begehen.

Und drunten unter erznen Himmelsmatten
Erblicken sie wie einen Fliegenschwarm
Der Menschlein ewig ruhelose Schatten –
Und wenden müd sich ab und küssen warm
Der Freunde süßen Göttermund und trinken
Den mohngemischten Trank, eh sie auf Lotuslager sinken.

Dort steht den ganzen Tag in goldnem Sprühen
Die Sonne, die entflammte Fackeln hebt,
Und wenn das Netz des Tages will verglühen,
Das die zwölf jungen Töchter ihr gewebt,
Kommt Luna, hell Endymions Arm entstiegen,
Und die Unsterblichen wird sterbliche Begier besiegen.

Dort wandelt Juno auf betauter Wiese,
Den mächtigen Fuß von Lilienstaub befleckt,
Aus schaumigem Most, aus trunknem Paradiese
Jung Ganymed die wilden Locken reckt,
Verwirrt wie einst, als Adlerschwingen schlugen,
Die das entsetzte Kind hinauf durch Joniens Lüfte trugen.

Dort in verschwiegnem Garten hingesunken
Sich Venus heiß zu ihrem Hirten schmiegt;
Wie weiße Rose, eigner Schönheit trunken,
Schamstolz errötet, liegt in Glut gewiegt
Ihr weißer Leib – und eifersuchtgetrieben
Salmacis durch die Myrten seufzt in fassungslosem Lieben.

Dort wird niemals der rohe Nordwind heulen,
Der Englands Wälder frostig macht und kahl,
Noch je der schnelle Schnee die Luft durcheilen,

Noch wird die Götter dort mit scharfem Strahl
Der Blitz in fahler Nacht zu wecken wagen,
Wenn ruhlos wir ein süßes Glück als Sündenlast beklagen.

Ach, Götter kennen ihrer Lethequelle
Violenüberblühte Wasser gut,
Die droben jeder müde Weggeselle
Aufsuchen kann mit ungebrochnem Mut,
Um durch den Trunk aus den kristallnen Gründen
Schlaf und Vergessenheit für ruhelose Not zu finden.

Wir aber sind Bedrücker unsres Lebens,
Gott oder Schicksal – Feind ist beides doch!
Und alle Reue nähren wir vergebens,
Denn wo ist wohl für uns ein Balsam noch,
Die wir in *einen* Weltenpulsschlag zwängen
Der ewigen Liebe Lust, der ewigen Sünde Schuldbedrängen!

O, wir sind müd der Sünde, die vernichtet,
Der Buhlen: Lust und Hoffnungslosigkeit,
Müde der Tempel, die wir aufgerichtet,
Müd des Gebets, das stets vergebens schreit,
Denn Gott schläft tief, Erhörung zu erwerben
Ist schwer; ein buntes Sprühn, e i n Liebeglühn, und ach! wir sterben.
Doch wird kein Fährmann stumm das Ruder schwingen,
Kein Boot sich nahn dem blumenlosen Strand,
Und keine Münze kann die Seele bringen
Quer übern Todesstrom ins Schattenland;
Opfer und Wein und Schwüre sind verloren,
Versiegelt ist das Grab, und Wächter wachen an den Toren.

Wir lösen uns im Äther, wir vereinen
Mit allem uns, was wir gefühlt, gesehn,
Und unser Blut wird rot aus Sonnen scheinen,
Und unsre Lebenskraft bringt Auferstehn
Dem Baum im Lenz; das Jagdtier, das verblutet,
Sind wir; All-Leben ist nur eins, und alles ebbt und flutet.

Denn aus und ein in rhythmischem Ergießen
Durchpulst ein Leben nur der Erde Herz,
Und *eines* Seins gewaltige Wogen fließen
Vom nervenlosen Keime menschenwärts,
Und Teil sind wir von Tieren, Bergen, Meeren, –
Mit dem, was uns vernichtet, eins, und dem, was wir zerstören.

Von niedern Zellen ersten Lebens streben
Wir zur Vollendung; Gottes Ebenbild
Sind wir – und waren einst das irre Beben
Goldstreifiger Purpurmasse, rollten wild,
Empfindungslos für Hoffen und Begehren,
Als formenlose Ballen hin in sturmgepeitschten Meeren.

O, unsres Leibes brennendes Erglühen
Wird in Narzissenwiesen neu entfacht,
Und deiner Brüste silbernes Erblühen
In Wasserlilien; unsre Liebesnacht
Wird aus gepflügten Feldern Früchte treiben,
Denn nichts vergeht, nein, alles wird, dem Tode trotzend, bleiben.

Des Knaben erstes Küssen, erste Glocken
Der Hyazinthe, Mannes letzte Glut,
Der Lilie letzter Speer, das bange Locken
Des Asphodill, der lange nicht den Mut
Zum Blühen findet, und das scheue Beben
Des Bräutigams, der die Geliebte schaut, – ach, all dies Geben –

Das *eine* Sakrament hat es begnadet!
Nicht wir nur kennen süße Hochzeitslust;
Die Butterblume, die beseligt badet
Im Morgenlicht, zieht ebenso bewußt
Den Lenz ins Herz, wie uns zu trunkner Wonne
Im frischerblühten Wald entzückt der Kuß der Frühlingssonne.

Und bettet man uns unter Taxusbäumen,
So wird dein roter Mund als Rose glühn,
Dein Auge wird als Glockenblume träumen,

Und wenn Narzisse dann und Wind sich kühn,
Sich leidenschaftlich küssen, werden Gluten,
Die wir als Mann und Weib gefühlt, durch unsern Moder fluten.

Und so, befreit von Lebens Qual und Ringen,
Als Blume atmen wir die Sonne ein,
Und werden mit des Hänflings Kehle singen,
Als Schlangen spähn von unsrem Leichenstein,
Vielleicht als Tiger in der Wüste wohnen,
Wo auf den heißen Felsen gelbe Löwen schläfrig thronen.

Welch wundervolles Leben dann in Pflanze,
In Vogel und in wildem Tier uns winkt,
Wenn dieser irdene Kelch – mein Herz, o tanze! –
Zu voll von Geist, in Atemnot zerspringt,
Und irgend eines Tags gleich welkem Laube
Der Erde Siegerin, die Seele, fällt dem Staub zum Raube.

O denke doch! wir werden wiederleben
In allem Sinnlichen: der wilde Faun
Und der Centaur, die Elfen, die hinschweben
Auf dämmerblauen Wiesen – alle schaun
Sie das Mysterium von Sein und Reifen
Nicht deutlicher enthüllt als du und ich; denn wir begreifen

Dann, was der Drosseln volle Herzen reden,
Schneeglöckchen seufzt an sonnelosem Tag,
Und wer wohl spinnt die seidnen Sommerfäden,
Und wer die Kaiserkronen malen mag,
Und wer die muskelstarken Schwingen spreitet,
Mit denen über Fichtenwälder hin der Adler gleitet.

Ja, hätten niemals wir geliebt, so früge
Nach goldnem Blumenschoß die Biene kaum,
Und vollgefüllte rote Lampen trüge
Niemals der kleine stolze Rosenbaum.
Ich glaube: keine Knospe würde springen,
Wärs nicht, daß Liebende sich küssen und daß Dichter singen.

Ist denn verblaßt der Sonne goldnes Scheinen
Und unsre schöne Erde minder schön,
Weil jedem Lebenspulsschlag wir uns einen,
Im Staubkorn wie im Lufthauch untergehn?
O nein! Es werden neue Sonnen glänzen,
Und Blumen wird erhöhte Pracht, erhöhte Glut umkränzen.

Und wir zwei Liebende stehn nicht von ferne,
Verächter der Natur; nein, unser Kleid
Ist das verzückte Meer, der Kranz der Sterne
Ist Strahlen unsrer Lust! Der Herrlichkeit
Des Universums werden wir gegeben
Und mit der Weltenseele eins hin durch Äonen schweben!

Wir werden Töne sein der Symphonien,
Nach deren Rhythmus sich die Sphären drehn,
In unserm Herz wird jedes Weltherz glühen,
Die Menschenjahre, die so schleichend gehn,
Nie schrecken sie uns mehr, weil nie wir sterben, –
Nein, mit dem ewigen Weltall eins, Unsterblichkeiten erben!

DER VIERTE SATZ

IMPRESSION. LE RÉVEILLON

Die Wolken sind mit zartem Rot bedeckt,
Entflohen ist das ruhelose Heer
Der Nebelschatten, Dämmrung steigt vom Meer
Wie bleiches Weib, das sich vom Lager reckt.

Das dunkle Federkleid der Nacht durchsticht
Der Morgensonne erzner, zackiger Pfeil,
Und über Mauern, über Türme steil
Das Licht in langer Woge niederbricht.

Und weithin überschüttend Wald und Feld,
Weckt irgend einen Vogel es zum Flug,
Kastanienwipfel wiegt ein Atemzug,
Und alle Zweige sind von Gold erhellt.

IN VERONA

Wie steil die Stufen, wenn Verbannungsnot
   Wegmüd in Königshäusern Einzug hält,
   Und das vom Tische dieses Hundes*) fallt,
   Wie salzig doch und bitter ist das Brot!

Besser, ich fänd im roten Krieg den Tod
   Und daß Florenz mein Haupt am Tor ausstellt,
   Als so zu leben, allem zugesellt,
   Was meiner Seele hier Verderben droht.

»Fluch Gott und stirb: gibt's bess're Hoffnung noch?
   Er hat vergessen dich in aller Wonne
   Der goldnen Stadt und seiner ew'gen Sonne –«

* CAN GRANDE ANM. d. Ü.

Nein still: hinter des Kerkers Gitter doch
Besitz ich, daß es ungeraubt mir bliebe,
Der Sterne ganze Pracht und meine Liebe.

APOLOGIA

Ist es dein Wille, daß ich bleich vergehe,
Daß grauen Zwilch statt goldnen Kleids ich trage,
Daß ich dir webe dies Geweb von Wehe,
Drin alle Fäden nur verlorne Tage?

Ist es dein Wille, Liebe, die ich minne,
Daß meiner Seele Haus ein Ort der Sünden,
Darin wie böse Buhlen Höllensinne
Mit jenem Wurm, der niemals stirbt, sich winden?

Doch ist's dein Wille, harr ich aus im Leiden;
Ich werde meinen Stolz zu Markte tragen
Und will mich in ein müd Ermatten kleiden
Und laß die Sorge mir das Herz zernagen.

Mag sein, daß es so besser ist – ich habe
Zumindest nicht mein Herz versteinern lassen,
Ich raubte nicht der Jugend ihre Gabe
Und ging nicht dort, wo sie die Schönheit hassen.

Wohl manch ein Mann wollt seine Seele schützen
Und schlang ihr enge Fesseln um die Schwingen,
Ging staubigen Weg in stumpfen Eigennützen
Und hörte nicht im Wald die Freiheit singen,

Sah den gefleckten Falken nicht im Fluge
Auf weiten Schwingen durch die Lüfte schweifen
Dorthin, wo hoch auf steilstem Felsenzuge
Zerfloß des Sonnengoldes letzter Streifen,

Sah nicht, wie unter seinem Fuß im Grase
Maßliebchen starb mit weißumkränzter Blüte,
Das sanften Blicks gefolgt der Sonnenstraße,
Beglückt, wenn einmal es in Gold erglühte.

Doch sei mir's schon genug, daß ich gewesen
Der Herzgeliebteste für kurze Zeiten,
Daß Liebe zum Gefährten mich erlesen,
Und daß ich sah die Purpurschwingen gleiten;

Mag auch der Wollust satte Schlange fressen
Am Knabenherzen, ach ich leide gerne,
Hab ich doch Schönheit Aug in Aug besessen
Und alle Liebe, die bewegt die Sterne!

QUIA MULTUM AMAVI

Lieb Herz, der Priester, der zum ersten Mal
Den heiligen verborgnen Schrein erschließt
Und seiner Seele Gott im Abendmahl
Als irdischen Leib in Brot und Wein genießt,

Fühlt nicht so unerhörte Wundermacht,
Als mich bei deinem ersten Blick durchdrang.
Ich lag zu Füßen dir die ganze Nacht,
Bis dich ermüdete der Überschwang.

Ach, daß du weniger gütig, mehr geliebt
Durch diesen Lenz, bald licht bald regenschwer,
So wär mein Herz jetzt nicht so tief betrübt
Und diente nicht im Haus des Leides mehr.

Doch plagt auch Reu, der Jugend Seneschall,
Bleibt doch mein Deingedenken stets mir traut:
Wie viele Sonnen, ach, vergehen all,
Bis daß ein einzig Ehrenpreis erblaut!

SILENTIUM AMORIS

Wie oft der Sonne strahlend Morgenlicht
Den Mond ermattet und in Schatten treibt,
Bevor er noch ein einzig Lustgedicht
Der Nachtigall für sich gewonnen hat,
So macht dein Glanz mir meine Lippen matt,
Daß meinem liebsten Lied nichts Süßes bleibt.

Und kommt durch flaches Feld im Dämmerlicht
Auf Sturmesflügeln wild ein Wind daher,
Geschieht es, daß sein derber Kuß zerbricht
Den Halm, der seine einzige Harfe war;
So bringt auch mir mein eigner Sturm Gefahr,
Und übermäßige Liebe singt nicht mehr.

Doch hast du wohl in meinem Blick gesehn,
Warum mir Lied und Laute schweigen muß;
Sonst sollten besser scheiden wir und gehn,
Zu Lippen du, voll süßrer Harmonien,
Und ich, ein arm Gedenken großzuziehn
An stummes Lied und ungeküßten Kuß.

IHRE STIMME

Im Pelzrock schwingt die Biene leis
Ihr Flügelglas durch den Azur,
Jetzt beben Lilienkelche weiß,
Jetzt Hyazinthen rings im Kreis
    Auf ihrer Spur;
Sitz näher, Lieb, hier war's, ich weiß,
    Daß ich es schwur:

Zwei Leben seien eins fortan,
So lang zum Meer die Möwe schreit,
So lang der Sonnenblume Wahn
Der Sonne folgt auf hoher Bahn,

Für Ewigkeit! –
Mein Freund, ach, das ist abgetan,
Vorbei die Zeit.

Blick auf, dort oben schwingen hehr
Die Pappelwipfel her und hin;
Im Tal hier weht kein Lüftchen mehr,
Selbst Distelwolle wiegt zu schwer –
Doch droben ziehn
Die Winde stark vom Bergsee her
Und Höhengrün.

Blick auf, wo dort die Möwen schrein:
Was sehen sie, das wir nicht sehn?
Ist's wohl ein Stern? Sollt's Lichterschein
Von fernen Meeresschiffen sein? –
Wie konnt's geschehn:
Nur Träume waren dein und mein,
Die trüb verwehn!

Daß Liebe nie verloren sei,
Nur dies bleibt noch zu sagen, du!
Der strenge Winter quält den Mai,
Mairose bricht den Frost entzwei;
Dem Hafen zu
Fliehn Schiffe sturmgepeitscht zur Bai:
Auch uns wird Ruh!

Nichts bleibt uns, Lieb, als ohne Pein
Noch einmal küssen inniglich
Und scheiden dann – doch klagen, nein!
Ich habe Schönheit – Kunst ist dein!
So tröste dich!
O, eine Welt war viel zu klein
Für dich und mich!

MEINE STIMME

Im Hasten dieser Welt und ihrem Wahn
War unser Herz den Freuden allen hold,
Doch jetzt ist unsres Schiffes Fracht vertan
Und sein so weißes Segel eingerollt.

Früh bleichte meine Wangen nun die Not,
Vor meinen Tränen mußte Frohsinn fliehn,
Die Sorge stahl mir meiner Lippen Rot,
Und mir am Lager lauert der Ruin.

Dir aber schien dies wilde Leben Traum,
Nicht mehr als Leier- oder Geigenklang,
Und lauter tönte dir sein Stürmen kaum,
Als aus der Muschel echot Wogensang.

TAEDIUM VITAE

Mir meiner Jugend eigner Mörder sein
In dieses leeren Daseins närrischer Tracht,
Zu fühlen, wie Gemeinheit ärmer macht,
Und wie die Seele krankt in Liebespein,

Und blindem Zufall mich zum Sklaven weihn –
Ich schwör's: ich lieb es nicht! Geringer acht
Ich dies als Schaum, der auf den Wassern lacht,
Als samenlose Distelflocken. Nein,

Viel besser fern von diesen Narren stehn,
Fern ihrem Unverstand und rohen Spotte,
Und sich verkriechen in der tiefsten Grotte,

Als in den heisern Streit zurückzugehn,
Wo mir zum erstenmal der sündigen Lüste
Gemeiner Mund die weiße Seele küßte!

HUMANITAD

Mittwinter ist's nun: kahl steht Baum und Strauch
Bis auf die Tanne, wo, vom Frost getrieben,
Die Herde Schutz sucht; eis'gen Winters Hauch
Raubt ihr, die treu dem schlichten Grün geblieben,
Nicht des Herbstes goldne Prunklivrei;
Scharf ist der Wind, als gäb' Saturnus' Höhle selbst ihn frei;

In Büscheln auf den schwarzen Dornenhagen
Liegt dünnes Heu, wo an das volle Laub,
Vom Flachland kommend, angestreift der Wagen
Mit eines Sommertages süßem Raub;
Blökend stehn Lämmer an den Zaun gedrängt
Auf halbgetautem Schnee; der Hund, vor Kälte zitternd, lenkt

Vom Stall zu dem gefrornen Fluß hinab
Und kehrt betrübt zurück – das muntre Johlen
Der Hirten fehlt ihm und das Hufgetrapp;
Und oben durch die Stille krächzen Dohlen
Rings um den kalten Schober und sitzen dicht
Auf triefendem Gezweig; und unter großen Dommeln bricht

Der Fennenlöcher Eis, wie sie im Ried
Den Mond antuten, flügelschlagend, weit
Den Kopf zurückgelegt; ein Häslein flieht
Furchtsam, ein kleiner Fleck, durchs Feldgebreit;
Und eine Möwe schießt mit Krächzen rauh
Wie ein plötzlicher Schneetrieb durch des Himmels trübes Grau.

Mittwinter: – und ein lust'ger Kätner bringt
Sein Reisigbündel aus der frost'gen Scheuer,
Stampft auf den Estrich mit dem Fuß und schwingt
Die saft'gen Scheite ins verlohn'de Feuer
Und lacht, wie der jäh aufgeflammte Schein
Die spielenden Kinder schreckt; und doch – bald wird es
Frühling sein.

Schon regt sich Krokus unterm Schnee versteckt
Und bald auch wird der Jungknecht mähen müssen
Den weißen Hang, von Primeln dann bedeckt,
Denn mit des Regens ersten warmen Küssen
Schmilzt eis'ger Winterharm zu Tränentau,
Die Drosseln paaren sich, Kaninchen lugt aus seinem Bau,

Dem dunklen, wo die Tannenzapfen liegen,
Und ein Schneeglöckchen niedertretend, geht's
Den moos'gen Hügel auf, und abends fliegen
Amseln uns übern Weg und länger stets
Scheint uns die Sonne: oh, wie schön zu schaun,
Tanzt grasumgürtet in der Luft der lachend grünen Aun

Lenz durch die Hecken, bis die frühe Rose
(Des Dornstrauchs holde Reu) die Scheide sprengt
Und aus der esmeraldnen sich die lose
Schauernde goldne Flammenrunde drängt,
Den Bienen so bekannt, kommen zugleich
Doch Stabwurz, Federnelken und Narzissen blütenreich.

Dann geht feldauf feldab des Sämanns Schritt
Und durch Geschrei die diebischen Krähn verjagend,
Folgt lachend hinterdrein der Junge mit,
Und die Kastanien, vollen Schmuck dann tragend,
Bestreun das Gras in Übermaß von Duft
Mit Blütenschaum, und halbgeflüstert Singen bringt die Luft.

Von Szillaglöckchen, morgenwind-geschwungen,
Weißer Jasmin, des eignen Himmels Stern,
Und Löwenmaul mit langen roten Zungen
Und samtne Heckenrosen sind die Herrn
In Gartenbeet und Waldbereich, und brach
Der späten Rose roter Blätterpanzer nach und nach

Vom Kelch und schloß Stiefmütterchen die schweren
Purpurnen Lider, zeigen ihre Pracht
Der Chrysanthemen goldene Galeeren,

Schätze ausladend von duftloser Fracht
Und Veilchen kommen überkühn nach vorn
Aus scheuem Hinterhalt und rote Beeren trägt der Dorn.

Glücklich Gefild! dreimal glücksel'ger Baum!
Bald kommt der Lenz, Maßliebchen auf dem Kleide
Und im Schwertlilienkranz, vom Waldessaum,
Bald treibt der melanchol'sche Hirt zur Weide
Am Weiher seine Herde, bald allum
Durchs grüne Laub des Mittags schwirren Bienen mit Gesumm.

Bald steht die Lichtung bunt von Amarant,
Dem Liebeskraut, holde Maiglöckchen zählen,
Nonnen in ihrem schneeigen Gewand,
Die weißen Perlen ab, und Nelken schwelen
Mit Mitrenknospen Düfte in den Wind,
Waldrebe bindet jeden Zaun mit gelbem Sterngebind.

Bräut'gam der Erde, Lenz, freigeb'ger du!
Der seine Hörner gibt dem jungen Bock,
Ihr Kälbchen gibt der atemsanften Kuh
Und seidenweichen Blust dem Rebenstock,
Wo ist nun das Nepenthe, sprich, das man
Aus Feldmohnwurzeln und schönbeer'gem Alraun einst gewann?

Einst war's, als jeder kleine Vogel mich
Einstimmen ließ in seinen Sang und alle
Saiten des jungen Lebens freudig sich
Zur Antwort regten in noch süßrem Schalle
Bei jedem Waldidyll, – ward ich seither
Ein anderer oder bist du selber nicht so herrlich mehr?

Nein, nein, du bist es noch: ich nur verstöre
Mit Seufzen deine schlichte Einsamkeit,
Und wie ich weine und kein Trostwort höre,
Möcht' ich, du weintest mit in Bruderleid;
Tor! soll denn jeder, wenn ihn Leid betrifft,
Verderben solchen Wein mit eignen Elends salz'gem Gift?

Du bist derselbe noch; mein Herz nur nimmt
    Unlust zur Freundin sich, da Lust entfloh,
Der rauhen Macht dessen, was ihm bestimmt
    Zum Knecht war, gibt es hin sein Reich, – irgendwo
Muß doch Gewißheit sein, antworten dir
Das stürm'sche Meer auch und die große Tiefe: »Nicht in mir!«

Ein einz'ger heller Brand sein, aufrecht stehn
    In angebornem Adel, nicht sein Knie
Fruchtlos zu einem Fußball beugen, den
    Sein Zweck verdammt – o welche Alchimie
Lehrt dies? welcher mediesche Zaubertrank
Bringt eines freien Daseins Frieden, den kein Sieg erzwang?

Der Mollakkord, in den das Lied ausklingt,
    Der leise schluchzt, weil unvollendet noch
Die Weise, wenn kein Bruder Antwort singt,
    Stirbt wie ein Schwan; ich Schmerzeserbe doch,
Erharr lidlosen Augs mein Leben lang,
Ein stummer Memnon, nie aufgehender Sonnen Licht und Sang.

Verlöschte Fackel, dunkler Thujenhain,
    Die Aschenurne in des Freundes Händen,
Das traute *XAIPE* auf dem attischen Schrein, –
    Wär' dies nicht besser, als zurück sich wenden
Zum alten ruhlos nagenden Siechtum, sag',
In stummer Jammerhöhle dumpf hinbringen Tag um Tag?

Nein, denn der Gott im Mohnkranz spricht wohl bloß
    Von Schlaf wie Wärter tun am Krankenlager
Und gibt ihn nicht; sein Reis ward zauberlos,
    Und findet keine Antwort mehr der Frager,
Ist Tod ein Schlüssel, viel zu wenig fein,
Daß er ein Rätsel nur erschließen könnt' im Menschensein.

Und Liebe! Schöner Wahnsinn, dessen hohe,
    Urew'ge Macht die Seele töten kann
Mit honigsüßem Trank, dies wonnefrohe

Verderben, glücklich, wenn ich ihm entrann!
Ob auch zu stet Gedenken nimmer, traun,
Vergessen läßt die strahlenden Bogen der olympischen Brau'n,

Durch die, zu kurz nur, meine Jugend ein
So holder Rausch war in entrückten Sinnen,
Daß kluger Weisheit Warnung nur allein
Des Neides dünne Stimme schien – von hinnen,
Du Jäg'rin, tödlicher denn Artemis!
Such' andre Beute! Deiner Lust, zu sehr voll Fahr, gewiß

Zu viel schon trank ich ihrer – nein, nicht mehr!
Kehrte auch Liebe selbst den goldnen Spriet
Zu den erregten Wassern wieder her,
Wo sie mich stranden sah, – jetzt eben zieht
Zu nah vorbei der Wagen der Begier,
Fort! Fort! ein andres Leben, öder, ernster, liegt vor mir.

Öder – ja, jener Arm langt nimmer vor
Aus Weingerank, zieht meine Seele nimmer,
Süß zaudernd, durch das wirre Grün empor,
Andren schmückt jener Aureole Schimmer,
Denn ihrer bin ich, die nicht Liebe kennt,
Der auf weiß makelloser Brust das Gorgozeichen brennt.

Mag Venus gehn, daß sie den Knaben locke,
Den Mund ihm küsse, wühl' in seinem Haar,
Wieder mit Netz und Speer im Jägerrocke
Adonis ziehn zum Stelldichein, fürwahr,
Nichts gilt mir mehr ihr Zauber, noch so hold,
Und ob ich auch ihr schönstes bestes Schloß gewinnen sollt'.

Ja, selbst wenn ich der lachende Hirte wär',
Der über Tenedos und Trojas Mauern
Von Idas Höhn in einem Wölkchen her
Die Kön'gin kommen sah und ihr in Schauern
Zu Füßen kniete, nein, nicht Kypria
Reicht' ich den Apfel, nicht um eine neue Helena.

Steig' du denn auf, Athena, silberlicht,
Höchste, und ist mein Mund des Wohllauts bar,
Gib du ein Lied ihm: bracht' ein Sänger nicht
Auch Schwert und Leier deiner Glorie dar
Wie Äschylus am Tag von Marathon?
Gebar uns Miltons England nicht in ihm noch einen Sohn?

Und doch, betreten kann ich nicht den Hof,
Nicht leben ohne Sehnsucht, Furcht und Zähren,
Noch, die der strenge attische Philosoph
Vordem gelehrt, die weiße Stoik nähren,
Selbstsicher, ungebeugten Haupts zu sehn,
Wie all die eitlen Phantasien der Welt vorübergehn.

Die Stirn so klar, die Lippen so beredt,
Die Augen, der Äonen Spiegel, ruhn
Im eigenen Kolonos, Weisheit steht
Längst im Verfall und kinderlos ist nun
Mnemosyne; selbst in der Nacht Gewirr,
Die sie zu sichrer Flucht sich schuf, flog Pallas' Eule irr.

Nachklimm' ich jetzt nicht mehr der Wissenschaft
Und ob sie uns den Mond vom Himmel hol'
Durch wundersam geheime Zauberkraft;
Die Muse auch der Zeit entrollte wohl
So läss'gem Aug' ihr bunt Gewebe nie;
Oft in Polymnias Buch zwar les' ich gern das Epos, wie

Asien mit seinen Myriaden gegen
Die kleine Stadt stritt und mit weißem Schild
Und rotem Busch, juwelbesetztem Degen
Der Meder goldgepanzert durchs Gefild
Zwischen den Pappeln hinritt und der See
Auf Artemisiums Vorgebirg, bis er Thermopylä,

Den schmalen Engpaß an den steilen Schroffen,
Und näherzu dann sah die kleine Schar
Sorgloser Löwen beim Gelag! Betroffen

Stand er, daß solche Tollwut möglich war,
Und schlug sein Zelt und blieb zwei Tage noch
Am schilf'gen Strand des Staunens voll, um Mitternacht dann kroch
Über den Berg er auf verratnen Steigen
Und überfiel vom Herbstwald hinterrücks
Eurotas Krone, Spartas bestes Eigen,
Und weiter zog er, sicher seines Glücks,
Die kleine Bucht von Salamis sein Ziel,
Wo Gott ein arges Netz bereit ihm hält – doch schon zu viel!

Der griechische Rhythmenfall ermüdet nur.
Kann ich, zu fern so heldisch großer Zeit,
Sie wärmer lieben? Gleich dem Rad der Uhr,
Das Mittag schlägt und selbst in Dunkelheit
Niemals die Sonne sieht, so kann ich nie
Mit Augen schaun, was flüchtig mir vortäuscht die Phantasie.

O gäb' ein Leben, groß, unselbstisch schlicht,
Gewißheit uns! Sprecht ihr, einsame Höhn
Helvellyns – eure Felsenstille bricht
Nur der kristallne Bach, kein Kampfgedröhn –
Wo ist er, der mit eines Heil'gen Kuß
Seines Jahrhunderts blut'gen Mund geküßt, der Genius?

Sprecht ihr, Rydalische Lorbeern, wo ist er,
Die ihr ihm Schatten gabt, der edle, reine,
Der milde König ohne Krone, der
Aus engstem Kreis sich hob ins allgemeine,
Wo eins sind Pflicht und Liebe? Er sah klar
Die Urgesetze, und Gewißheit ward ihm offenbar.

Uns narrt das Wissen, wir zitieren groß
Der griechischen Schulen schmetternde Parolen,
Doch folgen wir? Das Schwert, das, fleckenlos,
Die heidnische Hydra schlug, ward stumpf an Bohlen
In unsrer Hand, wer nimmt den Weg empor
Zu jenen Alten noch, leiht ihnen ein ehrfürchtig Ohr?

Wohl sah ich solchen, aber, Ichabod!
   Der letzte liebe Sohn Italias, der,
Ein Mensch, um Gottes Sache litt den Tod,
   Für stets unauferstanden schlummert er.
O hüt' ihn treu, du meines Giotto Turm,
Marmorne Lilie du der Lilienstadt! laß nicht vom Sturm,

Rauh brüllend, stören seinen Schlaf und vom
   Trüb aufgewühlten Gold des Arnostroms
Nicht überfluten ihn, kein Stolzrer klomm
   Empor als Sieger jene Straße Roms,
Als Rom noch Rom war, denn zur Seite schritt
Freiheit wie eine Braut ihm und Geheimnistum entglitt

In seine tiefste Zelle; bleich, erschrocken,
   Ein wunder Aar, der wank im Winde schwebt,
Floh schreiend vor dem Schall der Totenglocken,
   Mit dem Vergessen Dynastien begräbt,
Ein Greis mit ihm, der rost'ge Schlüssel trug,
Als zu Roms heil'gen Herzen ging des großen Triumvirn Zug.

Sein heiligst Herz, die Höhn kannt' er von Rom,
   Trieb von des Löwen Lager den Schakal,
Nun ruht er tot am ätherhohen Dom,
   Den Brunelleschi übers Arnotal
Stolz in der Luft hing – o Melpomene,
In dein schwermütig Rohr hauch deiner Klagen süßeste!

Hauch in das Tragische solche Melodien,
   Daß Freude neidisch wird, der Musen Schar
Ihre geheime Macht vergißt, um ihn
   Klagend, der auf Roms herrlichstem Altar
Die Flamme Marathons der Welt entfacht
Und in ein sonnvergessen Land der Sonne Licht gebracht!

Turm meines Giotto, woll' ihn treulich hüten,
   Und eine junge Florentin'rin mag
Des Abends kommen mit den Wunderblüten,

Die blühn in Vollombrosas dunklem Hag,
Das Marmorgrab zu kränzen, ihm erbaut,
Des Seele wie ein großer Stern, von Menschen unerschaut.

Ein großer Stern, dessen Kometenlauf,
Vom Sturm getrieben zu dem äußersten Rand,
Wo Chaos an die Schöpfung grenzt und auf
Das Nichts der Cherub seine Schwingen spannt,
Der ewig singende, dahin entwich
In eine Leere mondlos – dennoch, ob er auch vergeblich,

Er ist nicht tot, die all Gedenken raubt,
Noch läßt ihn unbedroht die finstre Möre;
Erhebt, ihr ew'gen Tore, euer Haupt!
Jauchzt höher, Silberhörner, eure Chöre!
Denn jene Mutter roter Hurerein,
Die er gehaßt, mußte, mit Gott und ihrer Schmach allein,

In ihre dunkle Höhle sich verkriechen,
Die mörderische – was aber frommt das je?
In München auf dem Marmorfries die Griechen,
Die jungen, sterben lächelnd, doch die See,
Die an Ägina brandet wild und rauh,
Spiegelt nicht ihre Schönheit; so ward unser Leben grau,

Weil ideallos, will ein Stern entlohn
Am Himmel fackelgleich, löscht ihn der grimme,
Schnellfüß'ge Tag, und kein Trompetenton
Erweckt den stummen Staub zu mächt'ger Stimme,
Der einst Mazzini war! Wohl, Niobe
Im steinernen Schmerz hat ihre Söhne, doch Italias Weh!

Wann ihren Kindern, die nicht Götter waren
Und doch Leid trugen, graut der Ostertag?
Wer wird die Tücher finden? Wer wird klaren
Auges sie leibhaft schaun? O selig mag
Der sein, der von dem Grab abwälzt den Stein
Und ihrer Wunden blutende Rosen küßt, in Liebe dein,

Italia, unsre Mutter sichtbarlich!
Der Völker benedeitest, elendest!
Für die der Kalabrese freudiglich
Bei Aspromonte sein jung Leben läßt,
Daß diese Zeit, die Schacher treibt mit Gott,
Doch einen Mann noch für die Freiheit sterben sieht! O Spott,

Wir, ausgebrannt und kalt, sehn Manneswert
Schändlich gestäupt, Mitleid in Ketten schmachten:
Durch die sonnlosen Gassen mit dem Schwert
Schleicht Armut, unsre Kinder hinzuschlachten –
Wir sehn es stumm: wie dulden wir so viel,
Unwürdig unsres großen Erbes!? Wo ist Miltons Kiel,

Des strengen? Wo das Richtschwert, das ins Joch
Des Rechts den eignen Herrn zwang? Nach dem Tode
Des alten Führers, wo ein Führer noch?
Kein Wort mehr kommt vom schweigenden Tripode,
Und gleich verseuchter Mutter, die im Spasmus
Ein Bastardkind gebiert, zeugt unser bester Enthusiasmus

Den Judas nur der Freiheit, Anarchie
Und die der Freien Gold stiehlt und verschwendet,
Niedrige, stets gleich arme Akrasie,
Neid, der den Stachel auf sich selber wendet,
Geiz mit den Händen wie im Griff verdorrt,
Stumpfheit, den einz'gen wahren Brudermörder seit dem Mord

Kains an Abel, Geldgier, die den Mann
Toll in die Räder treibt, die ihn zermalmen,
Und ihn zur Saat macht, deren Ernte dann
Selbst einen Sämann tötet – hoch in Halmen
Steht diese Saat in England, nimmer zieht
Der Schönheit holder Fuß durch unsre Straßen von Granit.

Was Cromwell selbst geschont, ist preisgegeben
Dem stürm'schen Spiel von Wind und Schnee, entweiht
Von Wurm und Unkraut; die zu bessern streben,

Zerstören bloß: die schlimmste Hinfallszeit
Kränzt ihre Trümmer, doch sie schaffen nur,
Neue Vandalen, eine regensichre Unkultur.

Wo ist die Kunst, die Engel, die da sangen
Auf Lincolns hohem Chor, bis von so hehr
Marmornen Harmonien die Lüfte klangen
Wie Menschenlippen süßer nimmermehr
Jetzt aus dem Rohr sie locken? Wo die Hand,
Die kund'ge, die den blühnden Hagedorn zur Laube band

Auf Southwells Bogen und geschmückt sein Haus,
Der wie den Lilien auf dem Feld so hold
Auch war der Blumen Englands lieblichem Strauß?
Dieselbe Sonne scheint uns, noch entrollt
Wechselnd Natur über demselben Land
Den grün und grauen Teppich: jener Genius nur entschwand.

Und doch mag's besser sein, denn Tyrannei
Ist eine Königin, die im Inzest
Mit ihrem Bruder lebt, dem Mord, und frei
In ihr Gemach eindringen läßt die Pest,
Ihr tück'scher Fuß geht blut'gen Schandengang:
Besser drum eine Wüste und die Seele frei vom Zwang.

Holde Verbrüderung, schlichtes Leben in
Gesunder Luft, die Schönheit ihrer Stärke,
Wenn frei der Männer, keusch der Frauen Sinn,
Mehr unsre Seele als die höchsten Werke
Der Kunst erhebt dies, als selbst Agnolos
Sibylle, brütend überm Menschenleid, blind, riesengroß,

Als Mona Lisa lächelnd durch ihr Haar,
Als Tizians Mägdlein mit dem Lilienstengel
So weiß und schlank wie er, – oh! mehr fürwahr
Ist doch als irgendein gemalter Engel
Das Leben, könnten wir den Gott nur schaun
Der in uns ist! Die Heiterkeit der alten Griechen, traun,

Die um Athenas Altar jenen Zug
  Marmorner Jünglinge im Reigen schlang,
Mit zücht'gen Gliedern, Augen ohne Trug
  Spiegelnd der Göttin Maß, den Volleinklang
All dessen, was wie Pol und Gegenpol
Sich ewig feind sonst wär, – sie könnte in der Spanne wohl

Von unsrer Mutter küssen bis zum Grabe
  So unser Leben umgestalten, daß
Zuletzt Versuchung heiser wie ein Rabe
  Aus ihrer Grotte krächzt, und Sünde blaß,
Schamvoll von ihren Lotterbetten weicht,
Begier verstörter Augen aus dem Haus der Wollust schleicht.

Würde nun Leib und Geist mit allem eins,
  Was gut und recht, bis nichts in Nacht und Tag
Umsonst mehr lebt, nein, selig des Vereins
  Mit jedem Seufzer, jedem Herzensschlag,
Die Seele, die in ihrer Reinheit thront,
In sichrer Burg vor jedem äußren eitlen Sturm verschont,

Beruhigt heiter, nicht mehr fremd noch feind,
  Dem Kampfe der Dinge zusehn, weil sie weiß:
Die Kette der Kausalität vereint
  Der einzeln Daseinsformen großen Kreis
Zu einem höchsten Ganzen, das allein
Freude und heil'gern Lobpreis singt! Das sollt' ein Leben sein

In der erhabensten Allgegenwart,
  Vernunft säh ihren Ausdruck hier im Triebe,
Verstand, sonst alles Hohen Widerpart,
  Er liehe Feuer noch zum Brand der Liebe,
Und beide nun vereint in Harmonie,
Mystischer noch als die der Sternenkreise, klängen sie

Zusammen zur Oktave ohne Ende,
  Die ihren Flug durch alle Sphären nähm',
Und sich nur jubelnder und mächt'ger fände,

Wenn sie zurück zu ihrem Meister käm', –
Dies wäre, könnte nur der Erdensohn
Erreichen sie, die letzte, die vollkommne Religion.

Oh, leicht war's, frei von Zwang sein Leben halten,
Als jung die Welt war, wir, verbannt, beraubt,
Singen ein ander Lied als einst die Alten,
Die eigne Hand entweihte unser Haupt,
In traurigem Exil, von Hof und Flur
Als Bettler fortgejagt, nähren wir wilde Unrast nur.

Die Blume scheint von allem hingegeben,
Der Menschen elendste sind wir, die bloß
Der andern Leben, nicht das eigne Leben,
Um dann, wofür wir lebten, mitleidslos
Selbst zu zerstören – anders war es, wie
Seele und Leid durchdrungen schien in mystischer Symphonie.

Wir zogen längst von jenen holden Aun
Mit müdem Fuß aufs neue Golgatha,
Wo wir die selbstgemordete Menschheit schaun,
Wie wer sein eigen Bild im Spiegel sah,
Lesen im dumpfen Vorwurf jenes Blicks,
Wie recht die rote Menschenhand sich schuf das Kruzifix.

O blut'ger Mund! O dorngekröntes Haupt!
Gefäß du unsrer Leiden allzumal!
Für uns trugst du, die nicht an dich geglaubt,
Der endlosen Jahrhunderte Todesqual,
Und wir Betörte haben nicht gewußt,
Daß wir in deiner nur durchbohrten unsre eigne Brust.

Wir selbst der Sämann und die Saat, die Nacht,
Die einbricht, und das Licht, ihr preisgegeben,
Der Speer, die Seite, die er bluten macht,
Der falsche Kuß und das verratne Leben;
Der Mond, die Tiefe haben Rast, doch wir,
Die Herren dieser Welt, sind unsre eignen Feinde hier.

Ist dies das Ende jener Urkraft all,
Die, stets die gleiche, wie sie wechseln mag,
Durch Wasserbraus, Felssturz und Feuerschwall
Vom blinden Chaos aufwärts klomm zum Tag,
Bis daß die Sonnen zogen ihre Bahn,
Die Morgensterne sangen und die Welt Mensch werden sahn?

Nein, nein! Wir sind gekreuzigt nur, und rollt's
In blut'gen Tropfen auch die Stirne nieder,
Die Nägel löst – so steigen wir vom Holz,
Die Wunden stillt – und heil seht ihr uns wieder,
Reicht nicht den Ysop, laßt schwingen nur den Spott,
Denn wisset: was rein menschlich ist, ist göttlich und ist Gott.

BLUME DER LIEBE
GLYKYPIKROS EROS

Lieb, kein Tadel dir, denn ich bin schuldig!
Wär ich aus gemeinem Staube nicht:
Hätt' ich unerforschte Höhn erstiegen,
Herbre Luft gesehn und stärkres Licht.

Wilde Leidenschaft, die ich vergeudet,
Hätte bessern, reinern Sang geweckt,
Freister Freiheit Licht hätt' ich entzündet
Und des Unrechts Hydra hingestreckt.

Hätten Küsse meinen Mund nicht bluten
Lassen, sondern ihn musikentzückt,
Wohl mit Bice und den Engeln wärst du
Über Au'n gegangen lenzbeglückt.

Dantes Wege wäre ich gewandelt,
Wo der sieben Kreise Sonnen stehn,
Und die Himmel hätten sich geöffnet,
Wie der Florentiner sie gesehn.

Und gekrönt von mächtigen Nationen
Wäre ich, dem nun kein Kranz verliehn,
Und ein Morgenrot hätt' mich gefunden
Auf des Ruhmestempels Schwelle knien;

In dem Marmorkreis hätt' ich gesessen,
Wo die Sänger keine Schranke trennt
Und die Flöten süß wie Honig tropfen
Und die Laute nie ein Schweigen kennt.

Und aus trunknem Wein erhoben hätte
Keats der hochzeitlichen Locken Schwarm,
Meine Stirn geküßt mit Götterlippen,
Mich umfaßt mit edler Liebe Arm.

Und im Lenz, wenn Apfelblüten streicheln
Sanft der Taube glutbeflammtes Kleid,
Hätten Liebende beim Baum gelesen
Alle Märchen unsrer Seligkeit,

Meiner Leidenschaft und meines Herzens
Bittres Rätsel und geküßt wie wir,
Doch sie hätten niemals sich geschieden,
Wie das Schicksal mich nun trennt von dir.

Denn die rote Blume unsres Lebens
Fraß der Wirklichkeit, der Wahrheit Wurm,
Niemand kann der Jugendrose welke
Blätter sammeln, die verweht im Sturm.

Doch ich traure nicht, daß ich dich liebte;
Was auch anders sollt' ein Knabe tun?
Denn die stille Gier der Zeit vernichtet,
Und der Schritt der Jahre will nicht ruhn.

Steuerlos wir durch die Wetter treiben,
Und ist einst der Jugend Sturm vorbei –
Dann kommt ohne Laute, ohne Lieder
Als Pilot der stumme Tod herbei.

Und im Grab ist keine Freude, denn die
Blinde Schlange nagt die Wurzel an,
Und Begehren wird zu Staub, denn keine
Früchte je der Baum der Lust gewann.

Ach, wie sollt' ich anders als dich lieben!
Lieber war mir Gottes Mutter nicht,
Lieber nicht Kythera, die wie eine
Silberlilie aus den Wogen bricht.

Und: ich *lebte* meine Lieder! Schwand in
Leidenschaft auch hin der Jugend Glanz,
Fand ich doch der Liebe Myrtenkrone
Köstlicher als Ruhmes Lorbeerkranz.

GEDICHTE

die außerhalb der Sammlung von 1881
erschienen sind (1876-1898)

VON FRÜHLINGSTAGEN ZUM WINTER

(Für Musik)

Im heiteren Frühling, als die Blätter grün waren,
  O wie froh die Drossel singt!
Da suchte ich im wirren Lichterglanz
Die Liebe, die meine Augen nie gesehen,
  O glückliche Taube mit goldenen Schwingen!

In den Blüten rot und weiß,
  O wie froh die Drossel singt!
Sah ich meine Liebe zum ersten Mal,
O Traumbild des vollkommenen Glücks,
  O glückliche Taube mit goldenen Schwingen!

Die gelben Äpfel glühten wie Feuer,
  O wie froh die Drossel singt!
O Liebe, zu groß für Lippe oder Leier,
Erblühte Rose der Liebe und der Lust,
  O glückliche Taube mit goldenen Schwingen!

Doch nun vom Schnee ist grau der Baum,
  Ah, traurig nun die Drossel singt!
Meine Liebe ist tot: ah! eines Tages wirst du sehen,
Wie ich zu ihren stillen Füßen
  Eine Taube mit gebrochenen Schwingen lege!
  Ah, Liebe! ah, Liebe! Daß du getötet wurdest –
Süße Taube, süße Taube, kehre wieder zurück!

Αἴλινον, αἴλινον εἰπέ, τὸ δ'εὖ νικάτω*

Wohl dem, der frei von Sorgen lebt,
Mit goldenen Schätzen auf weitem Besitz,
Den das Prasseln des Regens nicht kümmert
Und nicht das Brechen der Bäume im Wald.

Wohl dem, der niemals gekannt hat
Die Mühsal der hungrigen Jahre,
Einen Vater, grau von Kummer und Tränen,
Eine Mutter, die verlassen weinte.

Aber wohl dem, der durchmessen hat
Den schweren Weg der Mühen und des Kampfes,
Doch aus seines Lebens Not
Stufen bis in Gottes Nähe baut.

* Klagelied ertöne! Klagelied ertöne – doch siege das Gute!

DAS WAHRE WISSEN

...ἀνανκαίως δ'ἔχει
βίον ϑερίζειν ῳστε καρπιμον στάχυν,
καὶ τὸν μὲν εἶναι τὸν δὲ μή.*

Du weißt alles; ich suche vergebens
Nach Grund zum Pflügen und Säen –
Das Land ist schwarz von Dornen und Unkraut
Und achtet weder der Tränen noch des Regens.

Du weißt alles; ich sitze und warte
Mit geblendeten Augen und Händen, dic versagen,
Bis der letzte Schleier sich hebt
Und das Tor sich erstmals öffnet.

* Es ist unausweichlich, daß das Leben wie reifes Getreide geerntet wird und daß einer stirbt, während ein anderer lebt. Euripides, *Hypsipile.*

Du weißt alles; ich kann nicht sehen.
Ich hoff, nicht vergeblich zu leben,
Ich weiß, daß wir uns wiedersehen
In einer göttlichen Ewigkeit.

LOTOSBLÄTTER

νεμεσσῶμαί γε μὲν οὐδὲν
κλαίειν ὅς κε θανῃσι βροτῶν καὶ πότμον ἐπίσπα182 .
τοῦτό νυ καὶ γέρας οἶον οἰζυροῖσι βροτοῖσιν,
κείρασθαί τε κόμην βαλέειν τ' ἀπὸ δάκρυ παρειῶν.*

Es gibt keinen Frieden unter der Sonne.
Ah! Wohnt der Friede in jenen Auen,
Wo, mit silbernem Vlies gegürtet,
Der Mond, ein heiterer Schäfer, zieht?

Königin der Himmelsgärten,
Wo Sterne gleich Lilien, weiß und schön,
Durch die Schleier der frostigen Lüfte leuchten,
Oh, verweile noch, der Morgen ist nah!

Oh, verweile, denn der neidische Tag
Streckt gierige Hande aus, die nach deinen Füßen greifen,
Ach! Aber du bist flinker,
Ach! Ich weiß, du willst nicht bleiben.

Aufsprang die Sonne zu ihrem Lauf,
Der leichte Wind blies über Wiese und Flur;
Aber im Westen glaubte ich zu sehen
Das Bild eines menschlichen Antlitzes.

* Ich tadele freilich mitnichten,
Daß man den Toten beweine, der sein Verhängnis erfüllt hat.
Ist doch dieses allein der armen Sterblichen Ehre,
Daß man schere sein Haar und die Wange mit Tränen benetze.
Homer, *Odyssee*, IV, 195–198. Übers. von Johann Heinrich Voss.

Ein Hänfling auf dem Weißdornzweig
Sang von den Wonnen des Frühlings,
Und ließ die Blütenbüsche widerhallen
Vor Freude über den neugeborenen Tag.

Eine Lerche, die meine Schritte aus dem Grase schreckten,
Flog scheu davon und entschwand dem Blick
Im großen saumlosen Schleier aus Blau,
Der vor Gottes Antlitz hängt.

Die Weide wisperte hoch droben,
Daß Tod nur neues Leben ist
Und daß wir mit eitlen Zankesworten
Schande über die Toten bringen.

Ich brach einen Zweig vom Baum
Und Weißdornblüten, mit Tau benetzt,
Ich band sie mit einem Eibenzweig
Und machte einen Strauß, schön anzusehen.

Ich legte die Blumen hin, wo Er liegt
(Warme Blätter und Blumen auf dem Stein);
Wie froh war ich, alleine zu sitzen,
Bis der Abend sich auf müde Augen senkte.

Bis all die treibenden Wolken eine Robe
Aus Gold als Gottesgewand gesponnen hatten
Und die strahlende Sonnengaleere
In einem Meer aus purpurnen Lüften versank.

Soll ich froh sein um den Tag,
Und mich im Grunde meines Herzens anrühren lassen
Vom rauschenden Baum oder dem Lied des Vogels
Und mich grämen über des wilden Windes Spiel?

Nicht so: solch eitle Träumereien passen
Zu einem Gemüt, das leichter ist als das meinige;
Ich fühle, daß ich halb göttlich bin;
Ich weiß, daß ich groß und stark bin.

Ich weiß, daß jeder Baum im Wald
Mit Mühe aus der Wurzel wächst;
Ich weiß, daß keiner Früchte sammelt
Beim Segeln auf dem öden Meer.

VERGEUDETE TAGE

(Nach einem Gemälde von Miss V. T.)

Ein schöner schlanker Knabe, nicht geschaffen für den Schmerz der Welt,
Mit goldenem Haar, in dichten Büscheln über den Ohren,
Und sehnsüchtigen Augen, halb getrübt von törichten Tränen
Wie tiefblaues Wasser, das man durch Regenschleier sieht,
Bleichen Wangen, von keinem Kuß befleckt,
Roter Unterlippe, aus Furcht vor der Liebe nach innen gebogen,
Und weißem Hals, weißer als die Brust der Taube –
Ach! ach! wenn alles umsonst sein sollte.
Hinter ihm Kornfelder und Schnitter in einer Reihe,
In beschwerlichster Arbeit, mühsam sich plagend,
Ohne den Klang eines frohen Lachens oder der Laute;
Und ohne Augen für die purpurne Glut der Abendsonne
Träumt der Knabe weiter; er weiß nicht, Nacht ist Nacht,
Und zur Nachtzeit sammelt niemand Früchte.

AN L. L.

Könnten wir bergen den lang' vergrabenen Schatz,
Lohnte es das Vergnügen.
Der Liebe Lied konnten wir nie lernen,
Wir sind zu lange schon getrennt.

Könnte vergangene Leidenschaft
Ihre Toten erwecken,
Könnten wir alles noch einmal durchleben,
Lohnte es den Schmerz.

Wir trafen uns – so erinnere ich mich –
Bei der efeuumrankten Bank,
Und jedes nette Wort von dir,
Klang wie der Triller eines Vogels.

Das Tremolo in deiner Stimme
War wie des Hänflings Lied,
Sie zitterte wie die Kehle der Amsel
Beim letzten schmetternden Ton.

Und deine Augen waren graugrün
Wie ein Tag im April,
Aber sie funkelten wie Amethyst,
Wenn ich mich zum Kusse beugte.

Und dein Mund lächelte nie
Über lange, lange Zeit.
Dann brach er in leises Lachen aus,
Fünf Minuten lang.

Du scheutest immer den Regenguß,
Ganz wie eine Blume,
Du liefst davon, so entsinne ich mich,
Als der Regen begann.

Ich weiß noch, nie konnte ich dich fangen,
Denn keine kam dir gleich.
Wundervolle Flügel, leicht und licht,
Trugst du an den Füßen.

Ich erinnere mich an dein Haar – flocht ich es?
Denn es war stets ungebändigt
Wie ein wirrer goldner Sonnenstrahl.
Das ist lange her.

Ich erinnere mich gut an das Zimmer
Und die Fliedertrauben,
Die an die tropfende Scheibe pochten
Im warmen Juniregen.

Und die Farbe deines Kleides,
Es war bernsteinbraun,
Und zwei gelbe Seidenschleifen
Saßen auf deinen Schultern.

Das Tüchlein aus französischer Spitze,
Das du an dein Gesicht gedrückt –
Hatte ein Tränlein es benetzt?
Oder war es der Regen?

An deiner Hand, die mir zum Abschied winkte,
Waren bläuliche Adern;
In deiner Stimme, die mir Adieu sagte,
War ein gereizter Ton.

»Du hast nur deine Zeit vergeudet.«
(Ah, das traf mich wie ein Dolch!)
Als ich aus dem Gartentor eilte,
War es schon zu spät.

Könnten wir es noch einmal durchleben,
Lohnte es den Schmerz,
Könnte vergangene Leidenschaft
Ihre Toten erwecken!

Nun, wenn mein Herz brechen muß,
Meine Liebe, um deinetwillen
Wird es in Liedern brechen. Ich weiß,
So brechen Dichterherzen.

Aber sonderbar, daß niemand mir sagte,
Wie das Gehirn
In einer winzigen Elfenbeinzelle
Gottes Himmel und Hölle bewahren kann.

DAS HURENHAUS

Wir hörten den Tritt von tanzenden Füßen,
Liefen im Monschein die Straße hinunter
Und blieben stehen vor dem Hurenhaus.

Von drinnen, durch Lärm und Streit,
Drang laute Musik an unser Ohr:
»Treues liebes Herz« von Strauss.

Wie groteske Figuren, seltsam starr,
In phantastischen Arabesken,
Huschten Schatten über den Vorhang.

Wir sahen die Geistertänzer sich drehen
Zum Klang von Horn und Geige,
Wie schwarze Blätter im Winde wirbeln.

Wie an Fäden die Marionetten,
Schmale Silhouetten von Skeletten,
Wanden sich schlängelnd in der Quadrille.

Sie nahmen einander bei der Hand
Und tanzten gemessen eine Sarabande;
Ihr Lachen hallte schrill und gellend.

Manchmal zog eine Aufziehpuppe
Das Phantom eines Liebhabers an die Brust,
Manchmal schien's, als wollte man singen.

Manchmal kam eine schreckliche Marionette
Nach draußen und rauchte eine Zigarette
Auf den Stufen, ganz wie ein lebendes Wcsen.

Zu meiner Liebsten gewandt, sagte ich dann:
»Die Toten tanzen mit den Toten,
Der Staub wirbelt mit dem Staub.«

Doch sie – sie hörte den Geigenklang
Und ging von mir und trat ins Haus:
Die Liebe schritt ins Haus der Lust.

Da klangen plötzlich Dissonanzen,
Die Tänzer waren müd vom Tanzen,
Die Schatten wirbelten nicht mehr.

Und durch die lange stille Straße
Schlich der Morgen auf Silberschuhen
Wie ein ängstliches Mädchen entlang.

LE JARDIN DES TUILERIES

Die Winterluft ist scharf und kalt.
Und scharf und kalt die Wintersonne,
Doch die Kinder tollen um meinen Stuhl herum
Wie kleine Dinge aus tanzendem Gold.

Manchmal, in der Pose von Soldaten, stolzieren sie
Um den bunten Pavillon.
Manchmal, blauäugige Räuber, verstecken sie sich
Im kahlen Gestrüpp der Büsche und Bäume.

Wenn die alte Bonne sich in ihr Buch vertieft,
Stehlen sie sich manchmal über den Platz
Und lassen ihre papiernen Flotten ins Wasser gleiten,
Wo der Große Triton sich windet in grünlicher Bronze.

Bald hasten sie in gespielter Flucht,
Bald rennen sie, eine lärmende Schar –
Und, Händchen auf Händchen,
Erklettern sie den schwarzen und blattlosen Baum.

Ach, gefühlloser Baum! Wäre ich du
Und Kinder bestiegen mich, um ihretwillen,
Des Winters ungeachtet, würde ich erblühen
In Frühlingsfarben weiß und blau!

ÜBER DIE VERSTEIGERUNG VON KEATS' LIEBESBRIEFEN

Dies sind die Briefe, die Endymion schrieb
An eine, die er heimlich und im verborgenen liebte,
Und die Schreier der Versteigerung
Feilschen und bieten nun für jedes armselige fleckige Blatt.
Ach! Für jeden Pulsschlag der Leidenschaft, einzeln,
Berechnen sie den Handelswert. Ich glaube, sie lieben die Kunst nicht,
Die den Kristall eines Dichterherzens brechen,
Damit kleine trübe Augen hämisch blicken können.

Wird nicht berichtet, daß vor vielen Jahren,
In einer Stadt des Ostens, einige Soldaten
Mit Fackeln durch die Mitternacht rannten und begannen
Zu streiten um schäbiges Gewand und zu würfeln
Um die Kleider eines unglücklichen Mannes
Und wußten nichts vom Wunder Gottes oder Seinen Leiden?

IMPRESSIONS

I Le Jardin

Der Lilie welker Kelch sinkt
Um den goldbestäubten Stempel,
Und von den Buchen auf waldigen Höhen
Gurrend ruft die letzte Taube.

Die aufgeputzte Sonnenblume, löwengleich,
Hängt schwarz und dürr auf ihrem Stengel,
Und den windigen Gartenweg hinab
Treibt das Laub, – Stunde um Stunde.

Bleiche Ligusterblüten, weiß wie Milch,
Werden zu einer schneeigen Masse getrieben:
Die Rosen liegen im Gras
Wie kleine Seidenfetzen, rot wie Karmesin.

II La Mer

Ein weißer Dunst treibt über die Wanten,
Ein wilder Mond am winterlichen Himmel
Funkelt wie das Auge des zornigen Löwen
Aus einer Mähne lohfarbener Wolken.

Der vermummte Steuermann am Ruder
Ist nur ein Schatten in der Finsternis;
Und im dröhnenden Maschinenraum
Aufspringen die langen Kolben aus blankem Stahl.

Der gebrochene Sturm hat seine Spur gezeichnet
Auf der gewaltigen wogenden Kuppel,
Denn die dünnen Fäden aus gelbem Schaum
Treiben auf den Wellen wie verworrene Spitze.

UNTER DEM BALKON

O schöner Stern mit dem karminroten Mund!
O Mond mit der goldenen Stirn!
Steigt empor, steigt empor vom duftenden Süden!
Und leuchtet meiner Liebsten auf ihrem Weg,
Damit ihre kleinen Füße sich nicht verirren
Auf den windigen Hügeln und Höhen!
O schöner Stern mit dem karminroten Mund!
O Mond mit der goldenen Stirn!

O schlingerndes Schiff auf dem einsamen Meer!
O Schiff mit dem nassen weißen Segel!
Lauf ein, lauf ein in den Hafen zu mir!
Denn meine Liebste und ich möchten aufbrechen
In das Land, wo die Narzissen blühen
Im Herzen eines veilchenblauen Tales!
O schlingerndes Schiff auf dem einsamen Meer!
O Schiff mit dem nassen weißen Segel!

O verzückter Vogel mit dem leisen süßen Sang!
O Vogel auf dem Zweig!
Sing weiter, sing weiter aus deiner weichen braunen Kehle!
Und meine Liebste in ihrem kleinen Bett
Wird lauschen und den Kopf heben
Vom Kissen und mir entgegenkommen!
O verzückter Vogel mit dem leisen süßen Sang!
O Vogel auf dem Zweig!

O Blüte, die bebend in den Lüften hängt!
O Blüte mit Lippen aus Schnee!
Komm herab, komm herab, meine Liebste zu schmücken!
Du wirst auf ihrem Haupt als Krone sterben,
Du wirst in einer Falte ihres Kleides sterben,
Ihr kleines lichtes Herz wirst du erreichen!
O Blüte, die bebend in den Lüften hängt!
O Blüte mit Lippen aus Schnee!

FANTAISIES DÉCORATIVES

I Le Panneau

Unter des Rosenbaums tanzendem Schatten
Steht ein kleines Elfenbeinmädchen
Und zupft die Blätter, mattrot und perlweiß,
Mit blaßgrünen Nägeln aus polierter Jade.

Die roten Blätter fallen auf die Erde,
die weißen Blätter taumeln, eins nach dem andern,
Hinab in eine blaue Schale, wo die Sonne
Sich wie ein großer Drache im Goldglanz windet.

Die weißen Blätter treiben in der Luft,
Die roten Blätter taumeln träge nieder,
Einige fallen auf ihr gelbes Kleid
Und einige auf ihr rabenschwarzes Haar.

Sie ergreift eine Laute aus Bernstein und singt,
Und als sie singt, beginnt ein Silberkranich,
Den scharlachroten Hals zu strecken
Und mit den metallblanken Flügeln zu schlagen.

Sie ergreift eine Laute aus hellem Bernstein
Und aus dem Dickicht, wo er liegt,
Späht ihr Liebster mit den Mandelaugen
Und sieht ihre Bewegungen mit Entzücken.

Ein Schrei der Angst kommt von ihren Lippen,
Und winzige Tränen lösen sich.
Die Muschel ihres Ohres, rosageädert,
Hat ein pfeilspitzer Dorn verletzt.

Und nun läßt sie ein heiteres Lachen erklingen:
Dorthin, wo der gelbe Satin
Die Blume ihres Halses zeigt, blaugeädert,
Hat sich ein Rosenblütenblatt gesenkt.

Mit blaßgrünen Nägeln aus polierter Jade,
Die Blätter zupfend, mattrot und perlweiß,
Steht ein kleines Elfenbeinmädchen
Unter des Rosenbaums tanzendem Schatten.

II Les Ballons

Vor dem trüben Türkis des Himmels
Tauchen und treiben, wie Monde aus Satin,
Treiben wie seidene Schmetterlinge,
Die leichten und leuchtenden Luftballons.

Sie wirbeln mit jeder Bewegung des Windes,
Steigen und wirbeln wie tanzende Mädchen,
Schweben wie seltsame durchsichtige Perlen,
Sinken und schweben wie Silberstaub.

Eben schmiegen sie sich an die unteren Blätter,
Jeder in scheuer phantastischer Pose,
Jeder ein Blütenblatt der Rose,
Das an Sommerfäden zerrt.

Dann klettern sie auf hohe Bäume,
Wie zarte Kugeln aus Amethyst,
Wandernde Opale treffen sich
Mit den Rubinen von der Linde.

KANZONETTE

Ich habe keinen Schatz
Von greifenbehütetem Gold;
Jetzt, wie zuvor,
Ist des Schäfers Hürde leer.
Besitze weder Rubinen noch Perlen,
Um deinen Hals zu schmücken.
Aber die Mädchen des Waldes
Lieben des Schäfers Lied.

Nun, brich ein Schilfrohr
Und heiße mich für dich singen,
Denn ich möchte mit Wohlklang
Deine Ohren füllen.

Du bist schöner
Als die schönste Lilie,
Süßer und köstlicher
Als süßeste Ambra.

Was fürchtest du?
Der junge Hyacinth ist gemordet,
Pan ist nicht hier
Und wird nicht wiederkommen.
Kein gehörnter Faun
Tritt die gelben Fluren nieder,
Kein Gott stiehlt sich im Morgendämmern
Durch die Olivenbäume.

Hylas ist tot
Und wird niemals wissen
Von deinen kleinen roten
Rosenblütigen Lippen.
Auf der Hügelkuppe
Spielen die elfenbeinfarbenen Dryaden nicht mehr.
Silbrig und still
Neigt sich der trübe Herbsttag.

MIT EINEM EXEMPLAR VON »EIN GRANATAPFELHAUS«

Geh', kleines Buch,
Zu ihm, der mit perlenbesetzter Laute
Von den weißen Füßen des Goldenen Mädchens sang,
Und heiße ihn schauen
In deine Seiten: vielleicht findet er dort
Goldene Mädchen, die in dir tanzen.

SYMPHONIE IN GELB

Über die Brücke kriecht ein Omnibus
Wie ein gelber Schmetterling,
Und hier und dort geht ein Passant,
Wie eine kleine ruhelose Mücke.

Große Kähne, voll mit gelbem Heu,
Sind am schattigen Kai vertäut,
Und wie ein gelber Seidenschal
Hängt der dichte Nebel vor dem Uferdamm.

Die gelben Blätter beginnen zu verblassen
Und taumeln von den Temple* Ulmen,
Und die blaßgrüne Themse zu meinen Füßen
Liegt wie ein Zepter aus welliger Jade.

IM WALD

Aus der Waldestiefe Dämmer
Ins Morgenlicht der Wiese,
Elfenbeingliedrig, braunäugig,
Fliegt mein Faun!

Singend hüpft er durchs Gehölz,
Und sein Schatten tanzt vorbei,
Und ich weiß nicht, soll ich folgen
Dem Schatten oder dem Lied!

O Jäger, fang mir seinen Schatten ein!
O Nachtigall, behalt mir seine Melodien!
Sonst, mondverzaubert von Musik und Wahnsinn,
Verfolge ich ihn vergebens!

* Stadtbezirk in London, zwischen Fleet Street und der Themse gelegen.

ERNEUTE REUE

Es war meine Schuld; Verständnis fehlte mir.
So ist Musik nun eingekerkert und frei
Nur dort, wo eine weglose Woge verebbend
Den kargen Strand mit ruhelosen Strudeln zerfrißt,
Und in der verdorrten Senke dieses Landes
Hat der Sommer sich ein so tiefes Grab gegraben,
Daß die müde Weide aus des harten Winters Hand
Kaum eine Silberblüte erbitten kann.
Aber wer kommt da vom Strande?
(Nein, Liebe, schau auf und staune!) Wer ist es,
Der in farbenbunten Kleidern aus dem Süden kommt?
Es ist dein neugefundener Herr, und er wird
Die noch unberührten Rosen deines Mundes küssen,
Und ich werde weinen und verehren, wie zuvor.

AN MEINE FRAU

mit einer Ausgabe meiner Gedichte

Ich kann keine große Einleitung schreiben
Als Vorspiel zu meinem Lied;
Von einem Dichter an ein Gedicht
Würde ich's zu sagen wagen.

Wenn von diesen gefallenen Blütenblättern
Eines dir gefällt,
Weht Liebe es empor, bis es
Auf dein Haar sich niedersenkt.

Und wenn Wind und Wetter hart machen
All das lieblose Land,
Wird es vom Garten raunen,
Und du wirst verstehen.

DÉSESPOIR

Der Jahreszeiten Wechsel bringt Verfall,
Denn im Frühling zeigt die Narzisse ihre Blüte
Und welkt, wenn die Rose aufflammt in Rot,
Und im Herbst wachsen purpurne Veilchen,
Und der schlanke Krokus regt sich im Winterschnee;
Deshalb werden jene kahlen Bäume wieder blühen
Und dieses graue Land unter dem Sommerregen grünen
Und Schlüsselblumen treiben, die ein junger Schnitter mäht.

Doch was wird aus dem Leben, dessen bittere See gierig
An unseren Fersen leckt, und dem Dunkel sonnenloser Nacht,
Die unsere Tage zudeckt, die nie wiederkehren?
Ehrgeiz, Liebe und alle Ideen, die in uns brennen,
Verlieren wir allzubald und finden Vergnügen
Nur noch an welken Hülsen toter Erinnerung.

PAN
DOUBLE VILLANELLE

1

O bocksfüßiger Gott aus Arkadien!
Diese moderne Welt ist grau und alt,
Und was bleibt uns von dir?

Die Schäferjungen werfen keine Äpfel mehr
Im Übermut gegen deine geflochtene Hürde,
O bocksfüßiger Gott aus Arkadien!

Durch die Lorbeersträucher sieht niemand mehr
Deine zartbraunen Glieder, deinen goldenen Bart,
Und was bleibt uns von dir?

Trüb und tot wäre unsere Themse,
Denn hier sind die Winde kalt und eisig.
O bocksfüßiger Gott aus Arkadien!

So hüte das Grab von Helike,
Deine Olivenhaine, rebenbestandenen Höhen,
Und was bleibt uns von dir?

Wenn auch manch ungesungenes Klagelied
Im Schilfrohr unserer Flüsse schlummert,
O bocksfüßiger Gott aus Arkadien!
Ah, was bleibt uns von dir?

2

Ah, verlasse die Hügel Arkadiens,
Deine Satyrn und ihr wildes Spiel,
Diese moderne Welt verlangt nach dir!

Weder Nymphe noch Faun haben wir,
Denn Faun und Nymphe sind alt und grau,
Ah, verlasse die Hügel Arkadiens!

Dies ist das Land, wo das Licht der Freiheit
Dem ernsten Milton den Weg gewiesen hat,
Diese moderne Welt verlangt nach dir!

Ein Land des alten Rittertums,
Wo der edle Sidney lebte.
Ah, verlasse die Hügel Arkadiens!

Dieser wilde Seelöwe des Meeres,
Dieses England braucht eine kräftigere Stimme,
Diese moderne Welt verlangt nach dir!

Drum blas die Trompete laut und frei
Und lege die Hirtenpfeife beiseite,
Ah, verlasse die Hügel Arkadiens!
Diese moderne Welt verlangt nach dir!

DIE SPHINX

Aus dunkler Zimmerecke schaun
– wohl länger als ich denken kann –
Die Augen einer Sphinx mich an
durch Tag und Nacht und Dämmergraun.
So schön und schweigend liegt sie hier
und regt sich nicht und hebt sich nicht,
Denn nichts ist silberner Monde Licht
und nichts sind tanzende Sonnen ihr.
Auf graue Luft folgt rote Pracht,
Mondwellen ebben, fluten auf,
Sie aber bleibt durch Tages Lauf
und bleibt auch durch die dunkle Nacht.
Und Tag vergeht, und Nacht verblaßt,
die seltsame Katze kauert fort
Auf der chinesischen Matte dort,
mit Atlasaugen goldgefaßt.
Sie liegt und lauert starr empor;
im Atem weht wie zarter Schmelz
Lohgelb am Hals der seidne Pelz
und rieselt auf zum spitzen Ohr.
Mein Seneschall, hervor zu mir,
so schläfrig du und statuesk!
Wie bist du wunderlich grotesk,
du Lieblicher – halb Weib, halb Tier!
Sehnsüchtige Sphinx, hervor zu mir!
Leg auf mein Knie den Kopf, den still
Mit sanfter Hand ich streicheln will;
hervor, du luchsgeflecktes Tier!
Gib mir der Klauen Elfenbein
und deinen langen glatten Schweif –
Wie lauernd rahmt sein Schlangenreif
die Wucht der samtenen Tatzen ein.
Jahrtausende sahst müd du gehn –
kaum zwanzig Sommer hat entlaubt
Der Herbst und sich ihr Kleid geraubt,

seit *meine* Augen Leben sehn.
Doch du – am ersten Obelisk
sahst du die Hieroglyphen stehn,
Du hast den Hippogryph gesehn,
du sprachst schon mit dem Basilisk.
O sage, warst du damals nah,
als Isis vor Osiris lag,
Und sahst du jenen großen Tag
der Königin Kleopatra,
Da sie den Perlenwein gemischt
und Überraschung heuchelnd stand,
Als Roms Prokonsul so gewandt
den schon gesalznen Thun gefischt?
Sahst du Adonis' Katafalk,
als klagend Kypris ihn verließ,
Und sahst du in Heliopolis
– und folgtest ihm – Gott Amanalk?
Sprachst du mit Toth und hörtest auch
der mondgehörnten Jo Gestöhn?
Hast du die Könige noch gesehn,
die ruhn im Pyramidenbauch?
Heb auf den dunkelsamtenen Blick,
der weich wie Seidenkissen ist,
Kommt her, die du so seltsam bist,
du Sphinx, und sing mir dein Geschick.
Sing mir vom jungen Judenweib,
das mit dem heiligen Kinde floh,
Und das in deinem Schatten froh
vor Gluten barg des Lieblings Leib.
Sprich von der grünen duftenden Nacht,
da du dich durstend schlichst zum Fluß
Und hörtest, wie Antinous
auf Hadrians goldnem Schiff gelacht,
Da du geschlürft des Stromes Flut
und trinkend sahst in starrem Bann
Den herrlich schönen Sklaven an
und seines Munds granatne Glut.
Vom wilden Minotaurus sprich;

und sprich mir, Sphinx, wie einst dein Tritt
Sich über Platten von Granit
zur Nachtzeit in den Tempel schlich,
Als schreiend durch den Purpurgang
erschreckt der rote Ibis flog,
Und Mandragora ächzend bog
den Kelch, dem grausiger Tau entsprang,
Und plump im Teich das Krokodil,
Schleimtränen weinend, aus dem Ohr
Sich die Juwelen riß hervor
und heimwärts schwankte in den Nil,
Und schrill der Priester Fluch dich schlug,
da deiner Geilheit wilde Gier
Die Schlange griff zur Buhlschaft dir
und unter schaudernde Palmen trug.
Wer waren deine Buhlen, sag?
Wer wagte Kampf und Tod um dich?
Wem gabst du deine Lüste, sprich!
Wer war dein Buhle Tag nach Tag?
Die Riesenechsen, krochen sie
zu dir ins Röhricht, toll in Sucht?
Besprang der Greife brünstige Wucht
dich im zerstampften Lager nie?
Und kam, bei dir zu liegen, auch
das Nilpferd schwer durchs Moor heran?
Und wand sich geil auf deiner Bahn
nicht mancher goldne Drachenbauch?
Und ob vom Grab in feuriger Glut
aus Lykien selbst Chimära kam
Und deinen Schoß zum Neste nahm
für neuer Wunder grausige Brut?
Vielleicht auch hattest du in Lust
die Nereide einst zu Gast
Und hieltest ihre Brust umfaßt,
die seltsam bergkristallne Brust?
Und riefst du nicht in brünstiger Not
im Meer den Mann aus Sidon an
Um Kunde von Leviathan,

Leviathan oder Behemoth?
Und wenn der Tag versunken war,
erklommst du nicht die Kaktushöhn,
Den Äthiopier dort zu sehn,
der schwarz wie Jett und glänzend war?
Wenn Boot um Boot den Nil entlang
im Zwielicht breite Segel schob,
Die Tempelbogen Grau umwob,
die Fledermaus die Tänze schwang –
Krochst auf die Sandbank du hinaus,
durchschwammst den Teich und stahlst dich schlau
Hinein zum Pyramidenbau
und machtest ihn zum Hurenhaus
Und störtest in verwegnem Spott
die Toten auf im Sarkophag?
Wars Trageophos, der bei dir lag,
der elfenbeingehörnte Gott?
War ers, der die Hebräer schlug,
der Fliegengott, mit Wein besprengt?
Und hast du Pascht um Gunst bedrängt,
die Augen aus Beryllen trug?
Und liebtest du den Tyrergott,
der mehr von Liebesglut durchloht
Als selbst die Taube der Astaroth?
Und liebtest den Assyrergott,
Des Sperberhaupt beschattet war
von Flügeln seltsam licht wie Talk,
Gerippt mit Stäben aus Oreichalk
und rot bemalt und silberklar?
Geschah's, daß Apis einst verließ
den Wagen und in Liebesnot
Demütig dir zu Füßen bot
Teichrosen honiggelb und süß?

*

O wie verschwiegen lächelst du!
Gabst du nicht Liebe diesem Troß?

O nein – es war dein Bettgenoß
   Gott Ammon, und der Nil sah zu.
Das Flußpferd, das im Schlamme wühlt,
   trompetete dem Gott voran,
Er kam, gesalbt mit Thymian
   und von Galbanumduft umspielt.
Am Ufer hin nahm er den Zug,
   und wie ein Schiff mit Segeln klar,
Das nur mit Schönheit gepanzert war,
   glitt er aufs Wasser – und es trug.
Und durch die sandige Wüste kam
   der Gott, bis er dein Lager fand,
Und nächtens fühltest du die Hand,
   die deine schwarzen Brüste nahm.
Dein wilder Mund in Flammenglühn
   bezwang dir den Gehörnten da;
Du riefst, selbst auf dem Thron ihm nah,
   mit seinem heimlichen Namen ihn.
Orakel grausig unerhört
   sprachst du ins offne Ohr ihm leis
Und hast mit Blut von Stier und Geiß
   grausige Wunder ihn gelehrt.
Es war der Nil, dunstüberweht,
   das Bett, da Ammon dich umfing;
Wie seine Liebe kam und ging –
   dein Lächeln sah's, dem nichts entgeht.
Ein schattend Zelt auf heißem Hag
   die öldurchglänzte Braue schien,
Die Mondnacht wurde bleich durch ihn
   und leuchtender der Sonnentag.
Sein Haar neun Ellen gut umspann,
   und gelbern Glanz verschenkte kaum
Der Goldstein, den im Mantelsaum
   der Händler bringt aus Kurdistan.
Auf seinem Marmorantlitz war
   ein Hauch wie Most auf frischem Wein;
Das Meer kann nicht so saphirn sein,
   als azurblau sein Augenpaar.

Sein Hals war weiß wie Milch und breit,
  durchwebt von Adern dünn und blau;
Mit Perlen gleich gefrorenem Tau
  war reich bestickt sein Seidenkleid.
Auf Porphyr stand der Gott in Pracht,
  doch keiner hob den Blick auf ihn,
Denn blendend von der Brust ihm schien
  der zaubervolle Meersmaragd,
Dies Strahljuwel aus Meeresgrab,
  das irgend eines Tauchers Hand
Voreinst in Kolchischer Höhle fand
  und jener Kolchischen Hexe gab.
Der nackten Korybanten Schar
  gab Ammons goldnem Boot Geleit,
Und seinem Wagen dienstbereit
  ein Heer von Elefanten war.
Und hielt er in der Sänfte Ruh
  auf heißer Straße von Granit,
So liefen schwarze Nubier mit
  und fächelten ihm Kühlung zu.
Die Kaufherrn brachten Steatit
  aus Sidon übers Meer ihm dar,
Und sein geringster Becher war
  ein schön geformter Chrysolith;
Und brachten Truhen, reich an Last,
  aus Zedernholz; es trugen gern
Die Schleppe ihm die memphischen Herrn,
  und Könige waren gern ihm Gast.
Es neigten sich tagein tagaus
  zehnhundert Priester Ammons Pracht,
Zehnhundert Ampeln wiegten sacht
  ihr Licht durch Ammons buntes Haus.
Doch jetzt kriecht ekle Otternbrut
  und Natter dort in Staub und Stein,
Der Rosen-Monolith fiel ein,
  und Ammons Haus in Trümmern ruht.
Und über morsche Tore fort
  der Schakal strolcht, Wildesel springt,

Und von zerborstnen Säulen klingt
der Satyrn Spiel und Liebeswort.
Vom Schuttberg schnattert der Mandrill
mit häßlich blauem Hundsgesicht,
Und starker Feigenbaum durchbricht
das Pfeilerwerk im Peristyl. –
Im Flugsand liegt der Gott verstreut;
ich sah an staubverwehtem Ort
Die riesenhafte Steinfaust dort,
die machtlos der Zerstörung dräut.
Und kreuzt die Wüste dann und wann
ein Trupp verwegener Neger, schaun
Die stärksten selbst den Hals mit Graun,
den keiner je umspannen kann.
Und kommt ein bärtiger Beduin
im gelben Burnus, bleibt er stehn,
Die wuchtigen Muskeln zu besehn
von ihm, der einst dein Paladin.
Geh, such die Stücke auf dem Plan
und wasche sie im Tau der Nacht
Und bau dir neu in alter Pracht
aus toten Trümmern den Galan.
Geh, suche dort und suche hier
und füge sorgsam Stück zu Stück
Und nimm ihn in dein Bett zurück
und weck den Stein zu neuer Gier.
Sing taubem Ohr dein syrisch Lied;
sei gut ihm, wie er gut dir war!
Gieß ihm Lavendelöl aufs Haar
und schling in Linnen Glied um Glied.
Leg ihm das Münzenband ums Haupt,
gib rote Frucht dem bleichen Mund
Und Purpur seinen Hüften und
den Lenden, die der Kraft beraubt.
Fort nach Ägypten! Sei nicht bang;
nur e i n Gott war, der einst in Not
dem Söldnerspeer die Seite bot,
nur e i n Gott, den der Tod bezwang.

Doch deine Buhlen starben nicht:
die Lotusblütenkrone beut
Beim Hundertellentor noch heut
Anubis dir, dies Hundsgesicht;
Noch späht von seinem Porphyrthron
lidlosen Auges Memnon aus
Und schreit nach dir ins Land hinaus,
wenn gelb des Morgens Farben lohn;
Noch liegt mit dem zerbrochnen Horn
der Nil im Schlammbett; er vergißt,
So lange du nicht bei ihm bist,
zu tränken das versengte Korn.
Die Buhlen leben noch wie einst!
Sie grüßen dich – ich weiß es wohl –
Und schwingen jauchzend ihr Symbol,
wenn du zu neuer Lust erscheinst.
Darum gib Flügel deinem Kahn,
und Rosse spann vor dein Gefährt!
Zu deinem Nil! – Doch ist nicht wert
dir tote Gottheit als Galan:
So hole dir den Löwen ein,
von dem dein Blick die Fährte fand
Im kupferbraunen Wüstensand,
und heiße ihn dein Buhle sein!
Schmieg dich im Gras an seinen Leib,
zerfleische ihn in Raserei,
Und hörst du seinen Sterbeschrei,
so peitsche deine Flanken, Weib,
Und nimm den Tiger aus dem Rohr
mit schwarzgeflecktem Bernsteinfell
Und reit auf seinem Rücken schnell
und im Triumph durch Thebens Tor.
Und spiel mit ihm verliebte Lust;
doch knurrt er, schnappt und fällt dich an,
Mit Jaspis-Klauen wirf ihn dann,
erdrück ihn mit achatner Brust! –
Was zauderst du? Mach fort, mach fort!
Mich langweilt deine finstre Art,

Der starre Blick mit Trotz gepaart;
was säumst du noch so schläfrig dort!
Dein schreckhaft schwerer Atem macht,
daß bang der Lampe Flamme fliegt
Und kühl auf meiner Stirne liegt
der grausige Tau von Tod und Nacht.
Gespensterhaft dein Auge blickt,
wie Mondlicht webt auf trägem Teich,
Die Zunge ist der Schlange gleich,
die zu gespenstischen Lauten nickt;
Dein Puls jagt ohne Ruh und Maß,
dein Rachen gleicht dem Loch, das schwarz
Glühkohle oder Fackelharz
in sarazenischen Teppich fraß.
Mach fort! Das schwefelfarbene Licht
der Sterne flieht dem Westtor zu.
Mach fort! Zu spät sonst kämest du,
ihr Silberwagen wartet nicht!
Schon zuckt der Turmuhr Goldbelag
durchs Morgengrau, und Regen rinnt
Am Fensterglas, der Schleier spinnt
von Tränen vor den jungen Tag.
Wer war der Höllenunhold, der
dich nahm der Herrscherin der Nacht,
Und der dich heimlich mir gebracht
in meine stille Klause her?
Welch zungenloser Unhold stahl
sich durch die schwarze Schleierwand
Der Nacht zu meinem Kerzenbrand?
Wer wars, der dich zu mir befahl?
Sind denn nicht andre mehr verflucht,
weißer von Aussatz noch als ich?
Ist Abana dürr und Parphar, sprich,
daß durstend mich du heimgesucht?

*

Falsch falsche Sphinx! Am schilfigen Styx
    schaut wartend Charon nach mir aus
Und will den Zoll. Geh du voraus
    und laß mich meinem Kruzifix,
Des bleiche Last, dem Schmerz vereint,
    um jede Seele wacht und wirbt,
Um jede Seele weint, die stirbt,
    und immer doch vergebens weint.

DIE BALLADE VOM ZUCHTHAUS ZU READING

In memoriam
C. T. W.
Ehemals Kavallerist
der Königlichen Reitergarde.
Gestorben im Kgl. Kerker,
Reading, Berkshire,
7. Juli 1896

I

Er trug nicht mehr den roten Rock,
  Denn Blut und Wein sind rot,
Und seine Hände färbten sich
  Vom Blut und Weine rot.
Die arme Frau, die er geliebt,
  Man fand sie bei ihm – tot.

Er schritt in schäbiggrauer Tracht
  In der Gefangnen Reihn,
Eine runde Kappe auf dem Kopf –
  Sein Gang schien leicht zu sein.
Doch nie sah in den Tag ein Mann
  So sehnsuchtsvoll hinein.

Noch niemals sah ich einen Mann,
  Der schaute so gebannt
Hinauf zu dem blauen, winzigen Zelt,
  Vom Häftling ›Himmel‹ genannt,
Und zu jedem Wolkenschiff, auf dem
  Ein silbernes Segel stand.

Ich schritt mit anderen Verzweifelten
  In einem anderen Ring
Und dachte nach, ob der Mann verübt
  Ein leicht' oder schlimmes Ding ...

»Der Kerl wird gehängt«, dicht hinter mir
  Ein tuschelndes Flüstern ging.

Mein Gott! Es schienen die Mauern rings
  Zu wanken mit einemmal,
Und der Himmel über meinem Kopf
  Ward zum Helm aus glühendem Stahl.
Und obwohl ich in tiefer Verzweiflung war,
  Vergaß ich die eigene Qual.

Ich fühlte, daß ihn der Gedanken Hast
  Nicht rasten ließ noch ruhn,
Und wußte, warum an dem strahlenden Tag
  So sehnsuchtskrank sein Tun.
Er hatte getötet, was er geliebt,
  Und sterben mußte er nun.

Doch jeder tötet, was er liebt.
  Ich sag es, daß jeder es hört!
Der tut es mit dem bösen Blick,
  Der mit Schmeicheln, das betört.
Der Feigling tötet mit einem Kuß,
  Der Kühne greift zum Schwert.

Der eine tötet jung sein Lieb,
  Der andere als Greis.
Der eine würgt mit der Hand der Lust
  Und der für goldnen Preis.
Der Beste greift zum Dolch, weil er
  Dann schnell zu töten weiß.

Der liebt zu kurz und der zu lang.
  Der kauft, der bietet an.
Der tötet mit Tränen, und jener hat's
  Mit kaltem Blut getan.
Denn jeder tötet, was er liebt,
  Nur stirbt nicht jeder daran.

Er stirbt am gnadenlosen Tag
   Den Tod der Schande nicht.
Er trägt nicht die Schlinge um den Hals
   Und das Tuch vor seinem Gesicht.
Er weiß, daß er nicht mit den Füßen voran
   In die leere Grube bricht.

Er wird von den schweigenden Männern nicht
   Bedauert Tag und Nacht,
Die ihn belauern, wenn er weint
   Und wenn er betend wacht.
Sie belauern ihn, daß er dem Henker nicht selbst
   Die Beute streitig macht.

Er sieht die schrecklichen Schemen nicht
   Im Dämmern des Morgenlichts:
Mit klappernden Zähnen, in Weiß, den Kaplan,
   Den Richter, finstren Gesichts,
Und den Direktor, in glänzendem Schwarz,
   Mit dem fahlen Gesicht des Gerichts.

Er springt nicht auf in trauriger Hast
   Und greift nach Sträflingstracht,
Während der Arzt mit gierigem Blick
   Seine zuckenden Nerven bewacht
Und mit der Uhr spielt, deren Getick
   Wie dröhnender Hammerschlag kracht.

Er kennt nicht jenen würgenden Durst,
   Der die Kehle versandet, bevor
Der Henker mit seinen Stulpenhandschuhn
   Tritt durchs gepolsterte Tor
Und legt ihm drei lederne Riemen um,
   Daß die Kehle den Durst verlor.

Er hört sich nicht gebeugten Haupts
   Seine Leichenrede an,
Er sieht nicht, wie man den eigenen Sarg

Zur Richtstatt trägt heran,
Während in tiefster Seele der Schreck
Ihn packt: ›Du lebst doch, Mann!‹

Er starrt auch nicht nach dem Himmelslicht
Durch den kleinen Streifen Glas
Und fleht nicht heiß, mit Lippen weiß:
›Mein Gott, erspar mir das!‹
Er spürt auf der schaudernden Wange nicht
Den Kuß des Kajaphas.

II

Sechs Wochen schritt in grauer Tracht
Der Gardemann in unsern Reihn,
Eine runde Kappe auf dem Kopf –
Sein Gang schien leicht zu sein.
Doch nie sah in den Tag ein Mann
So sehnsuchtsvoll hinein.

Noch niemals sah ich einen Mann,
Der schaute so gebannt
Hinauf zu dem blauen, winzigen Zelt,
Vom Häftling ›Himmel‹ genannt,
Und zu jeder Wolke, die schleppend trug
Ein flatterndes Vliesgewand.

Er rang nicht – wie es die Einfalt tut –
Die Hände vorm Gesicht
Und nährte in schwarzer Verzweiflung auch
Kein flackerndes Hoffnungslicht.
Er sah nur zur Sonne hinauf und trank
Das klare Morgenlicht.

Er rang nicht weinend die Hände, noch
Spürte er Kummer und Pein.
Sondern er sog die klare Luft

Wie heilenden Balsam ein
Und trank die Sonne mit offenem Mund
Wie einen starken Wein.

Und ich und all die Verzweifelten,
Die schlichen im anderen Ring,
Vergaßen dabei, ob wir selber verübt
Ein leicht' oder schlimmes Ding.
Wir starrten ihn an, den seltsamen Mann,
Der so bald schon am Galgen hing.

Denn seltsam war es anzusehen,
Wie beschwingt er lief im Kreis,
Und seltsam war, wie aus seinem Blick
Die Sehnsucht sprach so heiß.
Und seltsam war es, daß er mußt
Bezahlen solchen Preis.

Der Eiche wie der Ulme Grün
So zart im Frühling sprießt,
Doch gräßlich zu schaun ist der Galgenbaum,
Den Natterngift zerfrißt,
Ob dürr, ob grün – ein Mann stirbt hin,
Eh Frucht am Baume ist.

Zum höchsten Thron, dem Gnadenthron,
Des Menschen Blicke gehn.
Wer aber möchte mit hanfenem Strick
Hoch droben am Galgen stehn
Und durch die Schlinge ein letztes Mal
Hinauf zum Himmel sehn?

Süß ist's, zu tanzen beim Geigenklang,
Berauscht von Liebe und Duft.
Das Leben ist köstlich, wenn fröhlich und festlich
Die Laute zum Reigen ruft.
Doch grausig sein muß, mit hurtigem Fuß
Zu tanzen in der Luft.

Mit Neugier, ganz offen, und qualvoll betroffen
  Hat jeder ihn angesehn,
Und wir dachten dabei: ›Ob wohl einer von uns
  Den gleichen Weg wird gehn?‹
Denn wir kennen nicht unsrer Seele Gesicht –
  Wer weiß, was mit ihr kann geschehn.

Zuletzt schritt der Todgeweihte nicht mehr
  Im Chor der Gefangenen mit,
Und ich wußte, daß er auf der Sünderbank jetzt
  Seine Verdammung erlitt
Und daß er in Gottes lichter Welt
  Mir nie mehr entgegentritt.

Wie zwei verfluchte Schiffe im Sturm
  Kreuzten wir, Bord an Bord.
Wir winkten nicht und wir riefen nicht,
  Wir sagten einander kein Wort.
Denn wir trafen uns nicht in heiliger Nacht,
  Sondern am Schandenort.

Und die Kerkermauern waren rund
  Um uns beide aufgestellt,
Die Gott aus seiner Hut verstieß
  Und aus ihrem Herzen die Welt.
Es fing uns alle die eiserne Falle,
  Die man dem Sünder stellt.

III

Im Zuchthaushof sind die Steine hart,
  Und hoch ist die triefende Wand.
Auch der Himmel war schwer an dem Ort, wo er
  Noch Zeit zum Atmen fand;
Und aus Furcht, er könnte sterben zu früh,
  Links und rechts ein Wärter stand.

Der Argwohn, der wacht bei Tag und bei Nacht
Über ihm, ob er sitzt oder steht,
Ob er weinen will oder ob er still
Das Knie beugt zum Gebet.
Sie wachten erpicht, daß dem Galgen nicht
Die Beute verlorengeht.

Der Direktor hielt's mit der Vorschrift wie
Mit dem feierlichsten Akt.
Der Gefängnisarzt sagte, der Tod sei nur
Ein naturwissenschaftlicher Fakt.
Und der Kaplan kam zweimal am Tag,
Mit frommen Traktaten bepackt.

Die Pfeife rauchte er zweimal am Tag
Und trank sein Bier dazu.
Sein Herz war standhaft, keine Furcht
Nahm seiner Seele die Ruh.
Und er sagte oft, was er heimlich hofft':
›Greif, Henker, doch endlich zu!‹

Weshalb seine Rede so seltsam war,
Das fragten die Wärter nicht.
Kein Mitleid im Blick. Der Wärter Geschick
Ist nur die eiserne Pflicht.
Es war, als trügen sie Schlösser vorm Mund
Und Masken vorm Gesicht.

Sonst könnte es sein, es fiel ihnen ein,
Ihm Ruhe und Trost zu schenken!
Doch wie sollte noch in das mordfinstre Loch
Das Mitleid die Schritte lenken?
Und welch menschliches Wort könnt an solch einem Ort
Mit Güte den Bruder bedenken?

Mit wankenden Knien im Kreise wir ziehn –
  Seltsame Narrenparade!
Hier gab's keine Sorgen. Fragt denn nach morgen
  Des Teufels eigne Brigade?
Die Köpfe blank und bleiern der Gang –
  Eine lustige Maskerade!

Mit blutenden Fingern zerfaserten wir
  Stumpfsinnig geteertes Tau.
Wir putzten die Türen, säuberten Gänge
  Und blankten der Gitter Grau.
Wir holten uns Schwielen beim Scheuern der Dielen
  Und machten mit Eimern Radau!

Wir nähten Säcke, wir brachen Steine,
  Wir wendeten staubigen Drill.
Blech knallte auf Gänge. Wir brüllten Gesänge
  Und schwitzten im Arbeitsgewühl.
Doch die Angst, die uns schreckt', lag tief versteckt
  In unseren Herzen still.

So still sie lag, daß jeder Tag
  Wie die Welle mit Tang hinkroch.
Spitzbuben und Narren, die wir ja waren,
  Erreicht das Entsetzliche doch:
Zur Zelle trabend sahn wir am Abend
  Ein frischgegrabenes Loch.

Das gelbe Grab mit dem gähnenden Schlund
  Gierte nach lebendem Ding.
Selbst Schlamm und Sud schrien laut nach Blut
  Zu dem dürstenden Asphaltring.
Und wir wußten genau, daß im Morgengrau
  Einer der Häftlinge hing.

So zogen wir ein, die Herzen voll Pein.
Das Grauen hing in der Luft.
Der Henker mit seinem kleinen Paket
Tappend durchs Dunkel schlurft.
Und da zitterte jeder gefangene Mann
In seiner bezifferten Gruft.

In die leeren Gänge vor dem Gestänge
Zogen spukende Schemen ein.
Welch Auf und Nieder! Die Stadt der Gitter
Schien voll schleichender Füße zu sein.
Durch die Gitterfenster schauten Gespenster
Mit bleichen Gesichtern herein.

Er aber lag wie einer, der träumt
In sonnigem Wiesenland.
Den Wächtern, die ihn bewachten, ging
Das über den Verstand.
Wie kann man schlafen solch süßen Schlaf
Mit dem Henker so nah bei der Hand!

Doch der Schlaf entflieht, wenn er weinen sieht
Männer, die niemals geweint.
In dieser Nacht waren wir Gauner und Narren
In endlosem Wachen vereint.
Und hinter der Stirn, in Herz und Hirn
Bohrt Schmerz, der den Anderen meint.

Denn ach, zu fühlen fremde Schuld,
Das ist ein bittres Los:
Als ob dich durchfährt der Sünde Schwert,
Das vergiftet ist beim Stoß.
Wie geschmolzenes Blei tropft die Träne dabei
Um das Blut, das der Andre vergoß.

Auf lautlosen Sohlen der Wärter schlich
Vor jede Zelle hin.
Mit furchtsamem Staunen sah er Gestalten
Wie Schatten am Boden knien.
Die nie zuvor flehten, die konnten jetzt beten?
Es war wie ein Wunder für ihn.

Wir murmelten betend die ganze Nacht
Wirre Leichenklagen.
Im Schatten der Nacht sträubt sich Federpracht,
Wie Zierat am Leichenwagen.
Und Leid und Angst, wie der Essigschwamm,
Bitteren Nachgeschmack tragen.

Der graue Hahn krähte, der rote Hahn krähte,
Doch niemals schien es zu tagen.
Gespensternde Schrecken krochen in Ecken,
In denen wir knieend lagen.
Wie Höllenmeister wußten die Geister
Ihr Spiel uns vorzutragen.

Sie gleiten dahin, wie Wanderer ziehn
Durch Nebel – ohne Ruh.
Sie verspotten den Mond im Rigaudon
Und winden und drehn sich dazu.
Die Anmut monströs und zeremoniös –
Gespenster beim Rendezvous.

Die Schatten schreiten, Grimassen schneidend,
Vorüber Hand in Hand.
Jetzt trotten sie leis im gespenstischen Kreis
Eine spanische Saraband.
Verfluchte Grotesken! Sie ziehn Arabesken,
Wie der Wind sie zeichnet auf Sand.

Wie Marionetten bei Pirouetten
  Springen sie zierlich und flott.
Und ihr schrecklicher Chor entsetzt jedes Ohr –
  Gräßliches Maskengerott.
Und laut sie singen, und lange sie singen,
  Sie singen zu wecken den Tod.

»Hoho!« Wie das gellt! »Gar weit ist die Welt,
  Doch gefesselte Glieder sind schwach!
Ein redliches Spiel, wo der Würfel fiel,
  Ein-, zweimal, bei frohem Gelach.
Doch mit Sündenpart spielt jeder Hasard
  Und verliert im Hause der Schmach!«

Das ist nicht aus Luft, was zum Tanze da ruft
  Und hüpft zu entfesseltem Klang
Vor Männern, lebend in Ketten geschmiedet,
  Deren Füße das Eisen bezwang.
Oh Christi Leid! Das ist Wirklichkeit:
  Die Fratzen, das Spiel, der Gesang!

So drehten sie Stunden um Stunden die Runden:
  Grinsende Paare walzten sich heiß,
In künstlicher Zier, nach Dirnenmanier
  Verließen die andern den Kreis.
Und ihr Schmeicheln im Ton war nur boshafter Hohn
  Auf unser ›Kyrieleis!‹

Der Morgenwind fing schon zu stöhnen an,
  Die Nacht jedoch wich nicht.
Sie webte am riesigen Webstuhl der Zeit
  Das Bahrtuch fürs Hochgericht.
Und wir beteten noch, als die Angst in uns kroch
  Vor dem unerbittlichen Licht.

Stöhnend und ächzend umwehte der Wind
  Den triefenden Zuchthauswall.
Wie Räder aus Eisen schwerfällig kreisen,
  So schlich die Zeit für uns all.
O stöhnender Wind! Was war unsre Sünd,
  Zu haben solch Seneschall!

Doch endlich sah ich, wie geschmiedet aus Blei
  Das Gitter im Morgengrauen
Schattenhaft über die Wände ziehn,
  Die auf mein Dreiplankenbett schauen.
Und ich wußte: das blutigste Morgenrot
  Beginnt sich zusammenzubrauen.

Um sechs haben wir unsre Zellen geschrubbt.
  Um sieben war alles stumm.
Doch durch das Gefängnis schwang es und sang es
  Wie Geisterschwingengesumm.
Der Herr der Toten mit eisigem Odem
  Trat ein und schaute sich um.

Er ritt nicht mit großem Gepränge einher,
  Er kam nicht auf mondweißem Roß.
Ein Rutschbrett nur und drei Meter Schnur
  Braucht ja der Galgen bloß.
Am Strick der Schande man den Herold erkannte,
  Der zu lichtscheuer Tat sich entschloß.

Wir waren wie Männer, die weglos ziehn
  Durch düsteres Moor bei Nacht.
Und flüsternd zu beten verging einem jeden,
  Stumm die Angst in uns wacht.
Etwas war tot in jedem von uns:
  Die Hoffnung war umgebracht.

Denn der Menschen Gericht geht seinen Gang,
Weicht vom Wege nicht einen Meter.
Es schlägt den Schwachen, es schlägt den Starken,
Und tödlich trifft es den Täter.
Mit eisener Ferse zermalmt es den Starken –
Dem eignen Blut ein Verräter!

Wir warteten nur auf den Schlag: Acht Uhr.
Vor Durst war'n die Zungen dick.
Ein Mann wird Schlag acht in die Hölle gebracht.
Schlag acht ist der Schlag vom Geschick.
Und das wirft Punkt acht Uhr seine hanfene Schnur
Um das schlimmste und bravste Genick.

Wir taten nichts, wir erwarteten nur
Das Zeichen mit Zittern und Zagen.
Wir saßen so stumpf, als wären wir Steine,
Die in einsamem Tale lagen.
Mit wildem Klang schlug das Herz in uns bang,
Wie Verrückte auf Trommeln schlagen.

Da! Ein plötzlicher Schreck fegt die Dumpfheit weg:
Ein Glockenschlag hängt in der Luft.
Vor der Ohnmacht erschauern die Zuchthausmauern,
Die aus unserem Wehgeschrei ruft.
So hört wohl der Sumpf die Klage dumpf
Aus der Lepra lebendiger Gruft.

Dann mußten wir schauen das grausigste Grauen,
Der Alptraum ließ uns nicht frei:
Der schmierige, hanfene Strick hing schwer
Am geschwärzten Balken wie Blei.
Gebet zu uns drang, bis des Henkers Strang
Erstickte den letzten Schrei.

Und all das Leid, das ihn so bewegt,
Daß bitter der Schrei aus ihm bricht,
Und den blutigen Schweiß und die Reue so heiß –
Wer kannte das besser als ich!
Der Mann, der mehr Leben durchlebt als eins,
Schaut mehrmals dem Tod ins Gesicht.

IV

Am Tage, als sie den Mann gehängt,
War der Gottesdienst abgesagt.
Vielleicht war des Pfarrers Antlitz zu blaß,
Hat Furcht ihm im Herzen genagt,
Oder die Augen hatten etwas,
Das er keinem zu zeigen wagt.

Sie schlossen uns ein, bis es Mittag war,
Dann hörten wir es schellen.
Und der Wärter Schlüssel rasselten
Vor allen lauschenden Zellen.
Und wir trappten die eisernen Treppen hinab
Aus den vergitterten Höllen.

Als wir wiedersahn die lichte Welt,
Verließ die Beklemmung uns nicht.
Und weiß vor Furcht und grau vor Furcht
War dieses, war jenes Gesicht.
Und so sehnsuchtsvoll wie an diesem Tag
Tranken Männer noch nie das Licht.

Noch niemals hab ich Männer gesehn,
Die schauten so gebannt
Hinauf zu dem blauen, winzigen Zelt,
Vom Häftling ›Himmel‹ genannt,
Und den Wolken nach, die sorglos ziehn
In freies, glückliches Land.

Doch einige waren unter uns,
Die grübelten fort und fort.
Sie wußten: wenn jeder das Seine bekäm,
Dann hingen sie jetzt dort.
Jener bracht nur ein Lebendiges um –
Sie verübten am Tode Mord.

Denn wer rückfällig mit der Sünde buhlt,
Erweckt eine Seele zur Qual,
Der zieht das fleckige Leichentuch weg,
Und sie blutet zum anderen Mal.
Das blutet und blutet. Umsonst – umsonst
Ist dieser Tropfen Fall.

Wie Clowns oder Affen in greulicher Tracht,
Mit Pfeilen verziert um und um,
Gingen wir still auf dem Asphaltring
Immer im Kreise herum;
In gleicher Weise im Kreise – im Kreise –
Und alle blieben stumm.

In gleicher Weise im Kreise – im Kreise –,
Und durch jedes dumpfe Gemüt
Ein schrecklich Erinnern an schreckliche Dinge
Wie schrecklicher Sturmwind zieht.
Das Grauen stakte vor jedem her,
Der Schreck kroch dahinter im Glied.

Die Wärter stolzierten auf und ab
Und sahn uns wie Herdenvieh an.
Ihre Uniform war nagelneu,
Sie hatten den Sonntagsrock an.
Am Kalkrand der Stiefel sah man jedoch
Genau, was sie morgens getan.

Das Grab war verschwunden, das tags zuvor
Noch gähnend offenstand.
An der düsteren Zuchthausmauer war
Jetzt nur ein Streifen Sand
Und ein kleiner Haufen von ätzendem Kalk,
Der als Bahrtuch Verwendung fand.

Denn er hat ein Bahrtuch, der arme Mann,
Wie wenige es getragen.
Tief unter dem grauen Zuchthaushof
Liegt er in Fesseln geschlagen:
Nackt, daß sein Ende noch schmachvoller wird,
Umhüllt vom Flammenlaken.

Und das brennende Bahrtuch frißt und frißt
Und kennt dabei kein Maß.
Es begehrt die spröden Knochen bei Nacht,
Am Tage das Fleisch zum Fraß.
Frißt Knochen und Fleisch der Reihe nach,
Doch das Herz ohn Unterlaß.

Drei Jahre lang wird hier nichts gesät,
Kein Hälmchen wächst da mehr.
Drei Jahre lang liegt der verfluchte Fleck
Wie Brachland öd und leer
Und starrt den verwunderten Wolken fortan
Vorwurfslos hinterher.

Sie glauben, daß eines Mörders Herz
Mit Gift das Samenkorn tränkt.
Das ist nicht wahr! Gottes Erde ist gut,
Ist gütiger, als ihr denkt!
Und die rote Rose wird röter blühn,
Und der weißen wird Weiße geschenkt.

Wenn aus seinem Mund die rote Rose,
aus seiner Brust die weiße steigt!
Wer weiß denn schon, wie Gottes Sohn
Der Welt sein Wollen zeigt.
Hat nicht vor dem Papst der dürre Stab
Des Pilgers sich bezweigt?

Doch keine Rose, ob weiß, ob rot,
Gedeiht in Zuchthausluft.
Es gibt nur Scherben, Splitt und Kies
In dieser Mauern Gruft,
Weil für Verzweiflung heilsam wär
Der Blumen zarter Duft.

Von keiner Rose, ob weiß, ob rot,
Fällt je ein Blütenblatt
Auf den öden Streifen Sand und Lehm
Über der Grabesstatt,
Um den Männern zu künden, daß Gottes Sohn
Für alle gelitten hat.

Doch wenn auch finsterer Zuchthauswall
Sich drohend um ihn reckt
Und ein Geist bei Nacht nicht umgehn kann,
Der in eisernen Fesseln steckt,
Und ein Geist nur lautlos weinen kann,
Den weihlose Erde bedeckt –

Er ruht in Frieden, der arme Mann,
Sein Leiden wurde belohnt:
Von allem, was uns zum Wahnsinn treibt,
Vom Schreck des Tages bleibt er verschont,
Denn die lichtlose Erde, in der er ruht,
Weiß nichts von Sonne und Mond.

Sie haben ihn wie ein Untier gehenkt.
  Kein Glockenläuten dazu,
Auch kein Requiem, das hätte geschenkt
  Der rastlosen Seele die Ruh.
Sie nahmen ihn ab und schleppten ihn
  Zum Loch und schaufelten zu.

Sie streiften die Leinentracht ab, man gab
  Den Körper den Fliegen preis.
Sie sahn voll Hohn den geschwollenen Hals
  Und die Augen starr und weit
Und hielten, mit rohem Gelächter schippend,
  Sein ätzendes Bahrtuch bereit.

Der Pfarrer wollte zum Beten nicht knien
  An dem entehrten Grab,
Noch segnet er es mit dem Heiligen Kreuz,
  Das der Heiland für Sünder gab,
Weil der Häftling einer von jenen war,
  Für die Christus stieg herab.

Doch nun ist's gut. Den bitteren Kelch
  Hat er zur Neige geleert.
Und des Mitleids zersprungener Krug
  Ist mit fremden Tränen beschwert.
Die Ausgestoßenen weinen um ihn,
  Man hat sie das Weinen gelehrt.

V

Ich weiß nicht: sind Gesetze gut
  Oder sind Gesetze arg?
Wir Zuchthäusler wissen eines nur:
  Gefängnismauern sind stark.
Und ein einziger Tag gleicht dort einem Jahr –
  Einem Jahr, das die Ewigkeit barg.

Und sicher weiß ich, daß jedes Gesetz,
Das der Mensch für den Menschen ersann,
Seit das Böse in dieser bedrückenden Welt
Durch Brudermord damals begann,
Dem Sieb gleicht, mit dem man statt wertvollem Korn
Nuhzlose Spreu nur gewann.

Und das weiß ich auch – und es wäre gut,
Wüßt es die ganze Welt –,
Daß Zuchthausmauern, von Menschen gebaut,
Nur die Schande zusammenhält
Und Gitter verhindern, daß Christus es sieht,
Wie der Mensch seinen Bruder dort quält.

Sie verdunkeln mit Stangen den gütigen Mond
Und vergittern der Sonne die Sicht.
Die Höllenschergen müssen verbergen
Dinge, die scheuen das Licht
Und die Gottes Sohn und der Menschen Sohn
nicht bekommen soll zu Gesicht.

In Kerkerluft sprießt Gemeinheit – sie schießt
Wie giftiges Unkraut empor.
Nur das Gute verdorrt an dem gräßlichen Ort,
Wo der Mensch seine Würde verlor.
Hier wird die Verzweiflung zum Wärter gemacht,
Und die Angst hütet fahl das Tor.

Hier lassen sie hungern das furchtsame Kind,
Es wimmert bei Tag und bei Nacht.
Man peitscht die Schwachen und prügelt die Narren,
Der Greis wird höhnisch verlacht.
Verrückt wird manch einer – bloß gut wird hier keiner,
Und weh dem, der Umstände macht.

Die Zellen, die engen, in die wir uns zwängen,
Sind Latrinen, schmutzig und kalt.
Und der stinkende Atem der lebenden Toten
Sich hinter der Gitterwand ballt.
Die Wollust allein kann am Leben hier sein
In der Humanisierungsanstalt.

Das Wasser zum Trinken ist brackig und stinkend,
Sein Schleim erregt Übelkeit.
Ins bittere Brot, gewogen nach Lot,
Sind Kalk und Kreide gestreut.
Schlaf sinkt nicht nieder; er rüttelt am Gitter,
Wildäugig, und schreit nach der Zeit.

Obwohl Kampf – wie zwischen Otter und Natter –
Zwischen Hunger und Durst sich entfacht,
Sorgt keiner sich um die Gefangenenkost,
Denn was uns schaudern macht,
Ist, daß jeder am Tage bewältigte Stein
Ein Menschenherz wird in der Nacht.

Im Herzen ewige Mitternacht
Und Zwielicht in jeder Zelle,
Zupfen den Hanf wir in Einzelhaft
Und drehen keuchend die Welle.
Und weit furchtbarer noch als Totengeläut
Ist die Stille in unserer Hölle.

Hier dringt kein menschliches Wort ans Ohr,
Keine Stimme, die freundlich spricht.
Das Auge, das feindlich durchs Spähloch sieht,
Kennt menschliches Mitleid nicht.
Wir alle verwesen, von jedem vergessen,
Bis Leib und Seele zerbricht.

So rostet das eisengekettete Leben –
Jeder entehrt und allein.
Der eine flucht, der andre weint,
Und der läßt das Stöhnen sein.
Doch Gottes ewge Gesetze sind mild
Und brechen das Herz aus Stein.

Und jedes menschliche Herz, das bricht,
In Mauern und Gitter gezwängt,
Gleicht jenem kleinen zerbrochnen Gefäß,
Das dem Herrn seine Schätze schenkt
Und des Aussätzigen unreines Haus
Mit köstlichstem Nardenduft tränkt.

Ach, glücklich der, dessen Herz hier bricht,
Um Gnade und Frieden zu finden.
Wie kann er anders den rechten Weg gehn
Und die Seele läutern von Sünden?
Wie anders, als durch ein gebrochenes Herz,
Vermag Christus Einlaß zu finden?

Der Mann mit der verschwollenen Kehle
Und den Augen, so starr verdreht,
Weiß gut, daß die heilige Hand den Dieb
Ins Paradies einlädt,
Daß der Herrgot ein reuig gebrochenes Herz
Achtet und nicht verschmäht.

Der Mann in Rot, der das Urteil spricht,
Gab ihm drei Wochen zu leben.
Drei kurze Wochen, in denen er
Seiner Seele konnt Ruhe geben
Und das Blut sich waschen von jener Hand,
Die wagte, den Dolch zu heben.

Und mit blutigen Tränen wusch der Mann
  Von den Händen die blutige Spur.
Denn solche Wunden heilen nur Tränen,
  Und Blut tilgt Blutschuld nur.
Da wurde das Kainsmal zum schneeweißen Siegel
  Seiner Himmelskandidatur.

VI

Im Zuchthaus Reading bei Readingstadt
  Grub die Schmach ein schändlich Grab.
Mit flammenden Zähnen frißt und frißt
  Das Bahrtuch die Knochen ab.
Der Name des Toten? – Vergessen – verweht –
  Als ob es ihn niemals gab.

Mag in Frieden er ruhn, bis auferstehn
  Die Toten, nach Christi Gebot.
Vergeudet törichte Tränen nicht,
  Ihm tut kein Seufzer not.
Er hatte getötet, was er geliebt,
  Und dafür erlitt er den Tod.

Doch jeder tötet, was er liebt.
  Ich sag es, daß jeder es hört!
Der tut es mit dem bösen Blickt,
  Der mit Schmeicheln, das betört.
Der Feigling tötet mit einem Kuß,
  Der Kühne greift zum Schwert.

ANHANG

VERZEICHNIS DER GEDICHTE

VERZEICHNIS DER GEDICHTANFÄNGE

Wildes literarische Aktivität begann mit der metrischen Übersetzung griechischer Chöre während seiner Studienzeit in Oxford. Er übertrug den Chor der Wolkenmädchen aus den *Nephelai* des Aristophanes, den Chor der gefangenen Troerinen aus Euripides' *Hekabe* und eine Stelle aus Aeschylos' *Agamemnon*, in der Kassandra ahnungsvoll über den baldigen Tod des Griechenfürsten spricht. Danach publizierte er gelegentlich Gedichte in verschiedenen Zeitschriften, so z. B. in *The World, The Irish Monthly, Dublin University Magazine, Kottabos* und anderen. Im Jahre 1881 vereinigte er den größeren Teil der bereits veröffentlichten Gedichte mit einigen unveröffentlichten zu einem Band *Poems*, der bei David Bogue in London erschien. Wilde beglich die Kosten aus eigener Tasche. Offenbar hatte sein Brief vom Mai 1881, in dem er den Verleger für seine Juvenilia zu interessieren suchte und den er mit dem selbstbewußten Satz abschloß: »Possibly my name requires no introduction«, nicht die erhoffte Wirkung gehabt, d. h. er konnte Bogue nicht von nüchternen kaufmännischen Kalkulationen abhalten. Der Erfolg des Buches, von dem in einem Jahr fast fünf Auflagen verkauft wurden, schien allerdings die kecke Selbstreklame des Autors zu bestätigen; denn die Käufer dürften weniger von der Qualität des Inhalts angelockt worden sein als vielmehr von der Neugierde für den dichterischen Erstling eines Exponenten des *Aesthetic Movement*.

Ein Blick in das Inhaltsverzeichnis der *Poems* von 1881 und in die Methuen-Ausgabe von 1908 zeigt, daß die Gedichte zu einzelnen Gruppen von unterschiedlichem Umfang zusammengefaßt wurden. Geht man von der Überschrift *The Fourth Movement* aus, dann ergibt sich eine vierteilige Gliederung. Ganz im Stil der seit Théophile Gautiers *Symphonie en Blanc Majeur* so beliebten *transposition d'art* wollte Wilde offenbar den Anschein erwecken, als liege dieser Einteilung ein musikalisches Kompositionsschema zugrunde, z. B. die Einteilung einer Symphonie in vier Sätze. Die einzelnen ›Sätze‹ oder Gruppen werden durch die mehr oder weniger große Ähnlichkeit der in ihnen versammelten Gedichte zusammengehalten. In *Eleutheria* steht die politische, in

Rosa Mystica die religiöse Thematik im Vordergrund. Die dreifach gegliederte dritte Gruppe, nämlich *Wind Flowers, Flowers of Gold* und *Impressions de Théâtre* vereint bukolische Motive mit ausgeprägt impressionistischer Gestaltungstechnik, während in *The Fourth Movement* die Verbindung von Liebesleidenschaft und *taedium vitae*-Stimmung dominiert. Zwischen diese thematisch so unterschiedlichen Gruppen sind fünf längere Gedichte eingeschoben, und zwar *The Garden of Eros, The Burden of Itys, Charmides, Panthea* und *Humanitad*. Die Sammlung wird durch das Gedicht *Hélas* eingeleitet und durch *Glykypikros Eros* abgeschlossen.

Der Vielfalt der Motive, die in den *Poems* anklingen, entspricht ein Schwanken des lyrischen Ich in der Haltung zu den angeschlagenen Themen. Diese ambivalente Einstellung wird in den *Eleutheria*-Gedichten besonders spürbar. Im Kampf für Freiheit von Unterdrückung und Tyrannei wird weniger die revolutionäre Zielsetzung hervorgehoben, nämlich die Errichtung der Demokratie, sondern eher die Entfesselung ungezügelter Leidenschaft. Der Geist des Aufruhrs in Terror und Anarchie wird als Reflex des eigenen rebellischen Seelenzustandes erfahren.

Die Isolierung des Subjekts von der gesellschaftlichen Entwicklung und sein Verzicht auf ein veränderndes Eingreifen endet im Rückzug in den elfenbeinernen Turm der Kunst. Die zwielichtige Haltung des lyrischen Ich, das von Demokratie redet, aber die möglichen Folgen ihrer Praxis zum Anlaß ihrer Ablehnung macht *(Libertatis Sacra Fames)* beruht darauf, daß ein im Grunde konservatives Temperament mit eher aristokratischen Ambitionen eine republikanische Gesinnung zur Schau trägt, die keine im Gefühlsbereich verankerte Überzeugung darstellt, sondern etwas von der Unverbindlichkeit einer modisch-intellektuellen Attitüde hat. Mit dem Begriff ›Freiheit‹ wird in den *Eleutheria*-Gedichten nicht die Befreiung des Volkes und seine demokratische Selbstbestimmung verstanden, sondern die von staatlichen Restriktionen ebenso wie von gesellschaftlicher Mitverantwortung freie Entfaltung eines unpolitischen Individuums, des *theoretikos*, der sich ungestört seinen »dreams of Art/And loftiest culture« hingeben möchte.

Diese Verse bekunden eine politische Passivität, die für den spätromantischen Ästhetizismus und Wildes eigene Einstellung bezeichnend ist. Das Bewußtsein, einer elitären kulturellen Minorität anzugehören, verbindet sich mit anti-proletarischer Arroganz und der Ablehnung der engstirnigen materialistischen Erfolgsethik des Bürgertums zu einer Protestgebärde, die mehr Resignation als Willen zur Reform verrät. Der antibourgeoisen Revolte fehlt der revolutionäre Elan. An der Position des *theoretikos*, der in seinen ›Träumen von Kunst und erhabenster Kultur‹ seine gesellschaftspolitische Einflußlosigkeit kompensiert und seinen Verzicht auf praktisches Engagement mit der Rolle des verkannten Hüters kultureller Traditionen in amusischer Zeit verklärt, ändert sich auch in den späten Schriften Wildes grundsätzlich nichts. Schließlich bedeutet die stärkere Betonung der hedonistischen Komponente keinen prinzipiellen Gesinnungswandel, sondern kann allenfalls als Degeneration des Ästhetischen gedeutet werden, denn die sinnliche Gestalt der Kunst wird auf Kosten ihres ideellen Gehalts überbetont. Das Gefühl der gesellschaftlichen Nutzlosigkeit der Kunst, das im *Theoretikos*-Gedicht vorherrschend ist und das verwundete Ich in die Rolle des sich selbstbewußt gebenden Außenseiters drängt, entwickelt sich nicht zu einer aggressiven Oppositionshaltung, sondern mündet ein in eine Ideologie hedonistischer Selbstverwirklichung des Individuums *sub specie artis*, deren Scheitern an der Wirklichkeit in *The Picture of Dorian Gray* erzählerisch vergegenwärtigt wird. Der Versuch, das Leben zum bloßen Substrat ästhetischer Emotionen zu machen, erweist sich als untauglich, denn er erzeugt einen Riß im Individuum, der sich schließlich zu einer fatalen Bedrohung seiner Identität erweitert. Der ästhetizistisch-hedonistischen Ethik im *Dorian Gray* entspricht im gesellschaftspolitischen Bereich ein anarchistischer Liberalismus, den Wilde unter dem irreführenden Titel *The Soul of Man under Socialism* als seinen Beitrag zur Sozialreform anbietet. Bezeichnenderweise wird in diesem Traktat die Lösung des angeschnittenen Problems nicht in einer Beschneidung der Interessen des einzelnen zugunsten der Wohlfahrt der Gemeinschaft, sondern im Primat der Interessen des Individuums vor den Belangen der Gesellschaft gesehen.

Das thematische Schwanken des lyrischen Sprechers zwischen

politischem Engagement, philosophischen Spekulationen, vagen religiösen Sehnsüchten sowie Gefühlen der Bewunderung, der Liebe und des *taedium vitae* verrät eine ungefestigte und für neue Eindrücke und Einflüsse empfängliche Haltung. Der Vielzahl der wechselnden Entwürfe der Wirklichkeit entspricht eine außergewöhnliche prosodische und stilistische Vielfalt. Die lyrische Diktion bewegt sich in konventionellen Bahnen. Dabei spielen die mediaevisierenden Formeln oder gelegentliche Rückgriffe auf biblische Phraseologie eine weit geringere Rolle als die aufdringlichen Alliterationshäufungen, die von Swinburne her bekannt sind, Personifikationen, Synästhesien und mythologische Nomenklatur sowie ausführliche Blumenkataloge und die auffällige Bevorzugung der Farblichkeit. Wildes Neidung, bestimmte poetische Verfahren massiert einzusetzen, die man z. B. in der exzessiven Verwendung epigrammatischer Formulierungen in den Komödien beobachten kann, ist bereits in den *Poems* zu bemerken. Man kann sich bei der Lektüre der langen Zwischengedichte des Eindrucks kaum erwehren, daß der Autor in der Quantität der zitierten Blumennamen offenbar eine Voraussetzung oder eine Garantie für ›intensive‹ Naturpoesie gesehen hat. Daß ihm dabei hin und wieder botanische Irrtümer unterliefen, bestärkt den Verdacht, daß er seine Kenntnisse weniger aus der Beobachtung der Natur bezog als vielmehr aus anderen Quellen.

Nicht nur die naturbeschreibenden Partien der Gedichte, sondern auch die Einflechtung zahlreicher mythologischer Namen und Anspielungen, die häufig nur unnötigen gelehrten Ballast erzeugen, deuten auf mangelnde künstlerische Disziplin. Ihre Häufigkeit verdanken sie allerdings nicht ausschließlich der Vorliebe Wildes für klingende Namen; vielmehr tragen sie dazu bei, die Atmosphäre einer arkadischen Traumwelt mit Göttern, Nymphen und Hirten zu schaffen, die von der aktuellen Wirklichkeit möglichst weit weg liegt. Dennoch beweisen Gedichte wie *Requiescat, On the Sale by Auction of Keats' Love Letters* und *To my Wife*, daß Wilde auch zu einer unaffektierten und einfachen Diktion fähig ist. Besonders *Requiescat*, das in seinem metrischen Rhythmus auf daktylische Grundtöne gestimmt ist, besticht durch die Schlichtheit der Sprache, die ganz dem Ernst der Klage über den Tod der Schwester Isola angemessen ist.

Von den formalen Experimenten sind die impressionistischen am bemerkenswertesten, in denen Wilde versteht, das literarische Medium um die Dimension einer anderen Kunst, der Malerei, zu erweitern. Auf diese Weise schien am ehesten die Gewähr gegeben, daß Dichtung nicht in die »heresy of the didactic« verfiel und zweckfreie Gebilde entstanden, die ihre Wirkung nicht primär aus ihrer inhaltlichen Aussage bezogen, sondern aus ihrer dekorativen Gestaltung. Besonders ausgeprägt ist diese Tendenz zum Malerisch-Farblichen in *Impression du Matin, In the Gold Room: A Harmony, Symphony in Yellow, Fantaisies décoratives* und anderen mit Impression betitelten Gedichten.

Die Wiedergabe von momentanen Eindrücken, vorübergehenden Stimmungen und Gedanken in einer lyrischen Diktion, die mehr oder weger stark Ausdruckselemente von Shakespeare über Keats und Matthew Arnold bis hin zu Swinburne und D. G. Rossetti assimiliert hat, verleiht den *Poems* den Charakter unverbindlicher und epigonaler Experimente. Das lyrische Subjekt, das weitgehend mit dem biographischen Ich des Autors identisch ist, schwankt zwischen politischen, religiösen und weltanschaulichen Problemen ebenso unsicher hin und her wie zwischen einzelnen Modellen der poetischen und künstlerischen Tradition. So finden sich Keats' Philhellenismus neben Swinburnes Italien-Begeisterung und Whistlers Vorliebe für dekorative Farbenarrangements. Man gewinnt allerdings den Eindruck, daß Wilde auch persönlich Spannungen und Konflikte gestaltete, für die er freilich eine Diktion wählte, die seiner Aussage nur selten angepaßt ist. Aus dieser Diskrepanz zwischen subjektivem Anliegen und objektiver sprachlicher Form erklären sich nicht nur der Vorwurf der Unaufrichtigkeit, sondern auch gegensätzliche Auffassungen der Kritik. Oft scheint es, als habe der Dichter keinen unmittelbaren Kontakt zur Wirklichkeit, als habe sie sich in ihm nie als Erkenntnis niedergeschlagen. Der Zugang zur Realität verläuft mehr über die intellektuelle Wahrnehmung als über die emotionale Erfahrung. Selbst dort, wo unmittelbares gefühlsmäßiges Engagement erwartet werden kann, wie z. B. in der Reaktion auf die Greuel türkischer Kommandos in der bulgarischen Freiheitsbewegung, provozierten diese Empfindungen keine originelle Form, sondern kristallisierten sich an einer künstlerisch gestalteten Vorlage, nämlich Miltons Sonett *On the Late Massacher in Piemont.*

Sowohl im thematischen als auch im stilistischen Bereich ist eine partielle Affinität zum späteren Œuvre gegeben. Neben dem Motiv der Sünde finden sich beispielsweise der Gedanke vom Primat der Kunst und der Sonderstellung des Künstlers als *theoretikos* sowie die Sehnsucht nach der Einheit von Körper und Seele. Der Gegensatz zwischen Christentum und Griechentum ist ebenfalls ein häufig wiederkehrender topos in den mündlich vorgetragenen *apologues.* Wildes auffälliges Bemühen in seinen Werken aus den 90er Jahren, Sprache mehr als ein Mittel des ironischen Witzes, der paradoxen Verfremdung oder der dekorativen Wirkung zu benutzen und weniger als ein Instrument der Kommunikation für den Austausch von Gedanken und Gefühlen, kündigt sich frühzeitig in seiner Vorliebe für sonore Wörter, farbige Epitheta und antike Nomenklatur an.

Zweifellos ist die Grundspannung von Provokation und Anpassung, die Wildes Werk und Persönlichkeit in so starkem Maße prägt, in den *Poems* noch nicht deutlich entwickelt. Zu sehr dominiert noch die epigonale Rezeption traditioneller Formen. Paradox formuliert könnte man sagen, daß die provokativen Elemente der Dichtung – man denke z. B. an die sündige Sinnlichkeit des *Charmides* – eher eine Anpassung an die *Fleshly School of Poetry* darstellen als originelle Neuerung. Zwar schlagen die *Poems* Themen an, die später wieder aufgegriffen werden, doch lassen sie noch nichts von den Vorzügen erkennen, die Wildes Hauptwerke auszeichnen: sein kritischer Intellekt in den Essays, sein ironischer Witz in den Komödien und die Kunst des humorvollen Fabulierens in den Märchen und Erzählungen.

Aus der Fülle seines lyrischen Œuvres ragen zwei Dichtungen heraus, die eine gesonderte Betrachtung verdienen, nämlich *The Spinx* und *The Ballad of Reading Gaol.* Beides sind längere Gedichte, in denen die Spannung zwischen Kunst und Leben, ästhetischer Gestaltung und persönlicher Betroffenheit besonders ausgeprägt ist. Das Gedicht *The Sphinx* besteht aus 87 langzeiligen Verspaaren. Die Couplets sind durch Binnenreime so miteinander verbunden, daß jeweils das Ende der ersten mit dem Ende der letzten Halbzeile und das letzte Wort der zweiten Halbzeile des ersten Verses mit dem letzten Wort der ersten Halbzeile des zweiten Verses reimt.

Der Titel des Gedichts bezeichnet jenes aus der Geschichte bekannte Fabelwesen, das in der ägyptischen Mythologie als Königssymbol verehrt wurde und dem später in der griechischen Antike prophetische Gaben zugeschrieben wurden. Da die Sphinx sowohl männlich ein Zwitter mit Löwenkörper und Menschenkopf war – es gab auch Sphinxe mit Löwenkörper und Widder- oder Habichtskopf –, verbindet sich mit ihrer Betrachtung der Gedanke des Monströsen und Widernatürlichen. In Verbindug mit der zeitlichen Ferne ihres geschichtlich nicht fixierbaren Ursprungs umgibt sie eine Aura des Geheimnisvollen, Unergründlichen und der Erfahrung Entrückten.

Die Tendenz zur Entrealisierung der Wirklichkeit und ihre imaginative Verwandlung in einen exotischen Traumort, fern von der grauen und bedrückenden Aktualität der viktorianischen Industrielandschaft, wird nicht nur in den artifiziellen Stilisierungseffekten deutlich, die ihren Ausdruck im Einsatz suggestiver Klangwirkungen, farbenfroher Wortmalerei und in den Rückgriffen auf Preziosenkataloge und abgelegenes Bildmaterial finden, sondern auch in der Steigerung der Zeit- und Raumvorstellungen ins Grenzenlose und Gigantische. Das Alter der Sphinx wird auf »A thousand weary centuries« (Str. 9) veranschlagt und kontrastiert mit den »twenty summers« (Str. 9) des Sprechers. Analog zur Entgrenzung der Zeitperspektive läßt sich ein Hang zu körperlicher und räumlicher Überdimensionierung beobachten Gigantische Eidechsen, monströs wirkende Flußpferde und der riesenhafte Gott Anubis bewegen sich auf einer irrealen Traumszenerie, die mit gewohnten Maßstäben nicht mehr erfaßt werden kann. Anspielungen auf die alte phönizische Handelsmetropole Sidon (Str. 52), auf Abana und Pharphar, die Flüsse von Damaskus (Str. 83) sowie die Einblendung kleinasiatischer Landschaften wie Kolchis (Str. 49), Lykien (Str. 26) und Kurdistan (Str. 45) sorgen weniger für eine genaue Situierung der Schauplätze, sondern betonen eher die phantastische Weitung des Raumes. Seine Einheit ist nicht in einer geographisch lokalisierbaren oder geschichtlich datierbaren Örtlichkeit zu suchen, sondern beruht vielmehr auf der assoziativ verdichteten Suggestion der exotischen Szenerie.

Der bizarren, artifiziellen Stilmanier des Gedichts korrespondiert die Widernatürlichkeit seines Gegenstandes. Exotisches Fluidum und erotische Perversionen sind künstlerisch aufeinander abgestimmte, im Bewußtsein des viktorianischen Lesers austauschbare Traumvorstellungen, die ungehemmte Freiheit sinnlichen Erlebens und sexuelle Freizügigkeit verheißen. Das schokkierende Treiben der Sphinx, die ihre Partnerwahl nicht von bürgerlichen Moralbegriffen abhängig macht, scheint die abendländische Klischeevorstellung von lasziv-sinnlicher Tausendundeine-Nacht-Erotik und zügelloser Haremspromiskuität zu bestätigen. Dieser animalisch-menschliche Zwitter, »half woman and half animal« (Str. 6), versetzt goldgeschuppte Drachen in Erregung (Str. 25), wird von fabulösen Greifen (Str. 24) besprungen, lockt den elfenbeingehörnten Tragelaphen in sein Lotterbett (Str. 32) und paart sich sogar mit der sagenhaften Chimäre, jenem feuerspeienden Ungeheuer, das einst Lykien verwüstete. Zwar werden die erotischen Abenteuer der Sphinx in der Form von Fragen des Sprechers dargeboten, doch haben diese ihre interrogative Qualität weitgehend verloren und einen evokativen Charakter angenommen. Sie dienen dazu, die monologische Situation zu durchbrechen und der epischen Dämpfung entgegenzuwirken. Auf diese Weise vermeidet es Wilde, das lyrische Ich in die Rolle des erzählenden Chronisten zu drängen und trägt überdies ein dramatisches Element in das Gedicht, das die Phantasie des Lesers anregt.

Die Gestaltung der »sensibilità erotica« erhält in der Löwen- und Tigerepisode (Str. 71–74) eine ausgeprägt dekadente Note. Das Nebeneinander von erotischem Begehren und todbringender Graumsamkeit läßt erkennen, welche literarische Tradition an der motivlichen Umformung dieses tierisch-menschlichen Mischwesens der Antike mitgewirkt hat: es ist die *femme fatale als* Symbolfigur verderblicher Weiblichkeit. Die Ahnenreihe dieser Figur reicht bis auf Lilith, Helena und Kleopatra, die legendären antiken Verführerinnen, zurück. Im Vergleich mit *Salomé* verstärkte Wilde die vampirartigen und androgynen Züge dieses Zwitters ebenso wie die Anomalien seines Liebeslebens, so daß die Dämonisierung weiblicher Sinnlichkeit die analoge Gestaltungstendenz in seinem vorangegangenen Stück übertrifft.

Es darf nicht übersehen werden, wie eng die formale und motivliche Gestaltung des Gedichts der Tradition des literarischen Exotismus verpflichtet ist. Wildes *nostalgie de l'étranger* ist Ausdruck einer Zeitströmung, die ihn wie die übrigen *décadents* nicht auf die Suche nach der ›blauen Blume‹ der Romantiker trieb, sondern in ihm die Sehnsucht nach den ›künstlichen Paradiesen‹ Baudelairescher Provenienz weckte. Die Unzufriedenheit mit der Normalität der Erlebnismöglichkeiten und der aktuellen gesellschaftlichen Wirklichkeit, die der hyperästhetischen Veranlagung vieler Dichter und Künstler keine Befriedigung mehr bot, steigerte sich zu einem grenzenlosen *ennui*. Die Schwärmerei für fremde Länder, mit Vorliebe für den Orient, und vergangene Zeiten, besonders für Antike und Renaissance, deutet nicht nur auf die geographische und zeitliche Expansion einer überreizten Sensibilität; sie ist auch als Fluchtphänomen einer übersteigerten individualistischen Lebenshaltung zu sehen, deren moralische und gesellschaftliche Bindungslosigkeit durch phantastische Visionen ferner Welten kompensiert werden sollte. Genüßliche Brüskierung des Natürlichen, z. B. im Ideal des Androgynen, schwermütige Verherrlichung von Schönheit und Vergänglichkeit, Bevorzugung extremer Gefühlslagen, Perversionen der Liebe, Schwelgen in Extravaganten, Exzessiven und Ungewöhnlichen sind Elemente dieser dekadent-impressionistischen Mentalität. Der romantische Mediaevismus der Präraphaeliten setzt sich fort im nostalgischen Exotismus der Fin de siècle-Generation.

Im Sphinx-Motiv fusionieren ästhetische Anziehungskraft, erotische Freizügigkeit und die spirituelle Krisenstimmung am Fin de siècle zu einem expressiven Symbol, das ebenso biographische wie zeittypische Züge trägt. An die Stelle des romantischen Fensterblicks ist die imaginative Öffnung des Raumes durch Visionen der Sphinx-Erlebnisse getreten, die dem Betrachter im begrenzten Gehäuse seines Zimmers die Illusion unendlicher Weite vermitteln. Was als *transposition d'art* im Stile *parnassiens* beginnt, setzt sich in bizarren Vorstellungen paganer Sensualität fort und klingt schließlich mit einer konventionell-christlichen Gebärde aus. Diskursive Gedanklichkeit wird durch ein pointillistisch anmutendes Traumpanorama aus mythologischen Reminiszenzen, dekorativen Preziosen und fremdartig klingenden Wortgebilden ersetzt. Entrealisierende Darstellung der Zeit, des Raums und der Erlebnisse des katzenhaften Mischwesens drükken das Streben nach ästhetischer Überwindung der aktuellen Wirklichkeit aus. Autonome Sprachlichkeit und abgelegene Bilder bestätigen diese Tendenz. Der Gegensatz zwischen dämonisierter Sinnlichkeit und christlichem Schuldbewußtsein wird angedeutet, aber nie ernsthaft ausgetragen.

Zweifellos kann *The Sphinx* als zeittypisches Beispiel für eine ästhetizistisch-dekadente Dichtung betrachtet werden. Trotz aller Artifizialität und Irrealität ist das Gedicht auf das engste verbunden mit der Lebenswirklichkeit des Dichters und der zeitgenössischen Gesellschaft. In der Entfaltung einer Atmosphäre erotischer Freizügigkeit und Promiskuität opponiert es gegen die extrem repressive Sexualmoral der Viktorianer. Daß das Individuum schließlich mit Schuldgefühlen auf das ungehemmte Ausleben des Sexus reagiert, ist zwar vordergründig mit biographischen Gegebenheiten zu erklären, wie schon angemerkt wurde; andererseits sind solche persönlichen Empfindungsweisen durch den normativen Druck der Tabuisierung des Geschlechtlichen mitbedingt.

Die Verwandlung persönlicher Betroffenheit in ein literarisches Motiv ist am deutlichsten in Wildes letzter Dichtung, nämlich *The Ballad of Reading Gaol* zu beobachten. Seine Verurteilung wegen homosexueller Praktiken und die anschließende zweijährige Haft mit all ihren entwürdigenden und inhumanen Bedingungen, wie z.B. Zwangsarbeit, schlechter Ernährung und miserablen sanitären Einrichtungen sowie seinem System kleinlicher Schikanen, denen die Häftlinge schon bei geringen Verstößen gegen die Gefängnisordnung ausgesetzt waren, mußte einen sensiblen Ästheten wie Wilde, für den Luxus und Geselligkeit selbstverständliche Bestandteile seiner *manière de vivre* waren, besonders hart treffen. Die Reduktion der humanen Existenz auf die Befriedigung elementarer Bedürfnisse sowie die fast totale Isolierung von der Außenwelt – viermal im Jahr durften ein Brief geschrieben und ein Besuch von jeweils 20 Minuten Dauer empfangen werden – gefährdeten die physische ebenso wie die geistige Identität und führten sogar zu Selbstmordabsichten.

Das Gedicht verdankt seine Entstehung einem aktuellen Anlaß – ganz im Gegensatz zu Wildes Kunsttheorie. Am 7. Juli 1896 war ein gewisser Charles Thomas Wooldridge, Soldat der *Royal Horse Guards (Blue)* im Gefängnis von Reading gehenkt worden, weil er seine Frau Laura Ellen offenbar aus Eifersucht ermordet hatte. Zwar war der Häftling C.3.3., nämlich Wilde, nicht unmittelbar Zeuge der Hinrichtung, doch hatte sich das Ereignis unter den Gefangenen herumgesprochen und auf ihn einen tiefen Eindruck gemacht.

Das Gedicht besteht aus 109 Strophen, die in sechs Teilen von unterschiedlicher Länge angeordnet sind. Im Teil I, der 16 Strophen umfaßt, wird von einem Häftling erzählt, der seine Frau, die er liebte, ermordet hat und dafür mit dem Tod durch Erhängen zu rechnen hat. In den 13 Strophen der zweiten Sektion wird der zum Tode Geweihte mehr und mehr zum Kristallisationspunkt der Existenzängste, welche den Sprecher und die übrigen Gefangenen bedrängen. Sein drohendes Verhängnis erscheint als Möglichkeit des eigenen Schicksals.

Der Mittelteil des Gedichtes, mit 37 Strophen der längste, ist durch Markierungen noch einmal in vier Abschnitte unterteilt. Die Gefangenen sehen den Todeskandidaten zum letzten Mal, flankiert von zwei Wärtern, bemerken das frisch geschaufelte Grab und erleben die Nacht vor der Vollstreckung des Urteils in Angstträumen, so als ob sie selbst zum Tode verurteilt seien. Mit einer Vision der Hinrichtung schließt der dritte Teil. Dieses Ereignis bildet den erzählerischen Höhepunkt des Gedichtes. Die folgenden Sektionen stellten den Autor vor ein schwieriges kompositorisches Problem. Wie läßt sich ein allzu abruptes Absinken der Spannungskurve nach dieser dramatischen Steigerung vermeiden? Wilde begegnete dieser Gefahr, indem er in Teil IV, der mit 23 Strophen noch recht ausführlich geraten ist, die Bestrafung des Hingerichteten über den Tod hinaus verlängert. Der Leichnam wird wie ein Tierkadaver verscharrt, sein Grab trägt weder ein Kreuz mit seinem Namen noch schmücken es Blumen. Der Geistliche verweigert die kirchliche Bestattung und spricht nicht einmal ein letztes Gebet.

Die Absicht des Autors wird deutlich: in der Verfolgung und Bestrafung des Delinquenten, die selbst über dessen Tod hinaus fortgesetzt werden, enthüllt sich die Inhumanität einer Strafe, die nicht einmal mit der physischen Vernichtung endet. Auf diese Weise entsteht ein bruchloser Übergang von der erzählerischen Gestaltung eines Einzelschicksals in den ersten drei Teilen bis zur Anklage gegen die Rechtmäßigkeit des Strafvollzugs im allgemeinen und die ihm zugrunde liegenden Gesetze in Teil V. Schon die ersten Verse dieser Sektion, die 17 Strophen enthält, zeigen, daß sich die Darstellung von der konkreten Schuld des einzelnen entfernt hat und auf die Erörterung des abstrakten Problems kollektiver menschlicher und gesellschaftlicher Schuldhaftigkeit konzentriert ist. Aus der Beschreibung des Aufbaus ist klar geworden, daß die Hinrichtung eines Gefangenen den erzählerischen Fluchtpunkt des Gedichtes bildet, während das Problem der Schuld des Delinquenten, aber auch die Verantwortlichkeit derer, die für seine Aburteilung zuständig sind, im gedanklichen Zentrum steht. Die massive Anklage gegen das System des Strafvollzugs und seine Bedingungen in »Humanity's machine« ist Teil einer durchgängig zu beobachtenden gedanklichen Exkulpationsstrategie, die den Angeklagten von seiner Schuld entlastet und diese zum kollektiven Merkmal der *condition humaine* bzw. zum Element gesellschaftlicher Ungerechtigkeit umdeutet.

Man wird nicht fehlgehen in der Vermutung, daß die besondere Form, welche die poetische Transformation eines aktuellen Ereignisses angenommen hat, von den persönlichen Erfahrungen und der inneren Einstellung des Autors zu seiner eigenen Situation geprägt worden ist. Gerade die Betonung des Gedankens, daß zwar jeder schuldig sei, aber nicht jeder dafür büßen, d. h. sterben müsse, paßt in den Rahmen dieser autobiographischen Auslegung. Mußte es der Häftling C.3.3. nicht als besonders bitter und ungerecht empfinden, wenn er für ein Delikt zur Rechenschaft gezogen wurde, dessen sich eine große Anzahl seiner Landsleute doch ebenfalls ›schuldig‹ gemacht hatte, die aber dennoch straffrei ausgingen? Warum wurde Lord Alfred Douglas nicht vor Gericht gestellt?

Seine Ausdruckskraft bezieht das Gedicht in erster Linie aus der solidarischen Haltung, die der lyrische Sprecher dem

Todeskandidaten entgegenbringt, d.h. aus seinem humanen Engagement in einer existentiellen Notlage. Nur vordergründig ist es die Beschreibung eines singulären Schicksals. Seine Motivgestaltung verrät eine weitergehende Absicht. Es dramatisiert die Situation des Außenseiters, der von einer ungerechten Gesellschaft liquidiert wird. Nicht der Delinquent trägt die Schuld für das, was er getan hat, sondern die Gesetze sind falsch, mit denen seine Verurteilung legitimiert wird.

Apologie und Anklage sind im Hauptmotiv des Gedichts, das den Sachverhalt in sophistischer Weise verzerrt, gedanklich koordiniert. Die Einstellung des Sprechers scheint hier mit der Haltung identisch zu sein, die der Autor selbst gegenüber seiner Verurteilung eingenommen hat. Er transformiert das Schicksal des Mörders Wooldridge zur Leidensgeschichte eines Parias, die ein Spiegelbild seiner eigenen Biographie nach Reading ist: ein romantisches Motiv wird zum Paradigma der eigenen Vita. Diese Einsicht verleiht auch Wildes Qualifikation des Gedichts als »too autobiographical« ihren tieferen Sinn. Wie *De Profundis* gehört auch *The Ballad of Reading Gaol* zu den Versuchen, den radikalen Wandel seiner sozialen Lage, den Fall vom Glück ins Unglück schreibend zu bewältigen. Beides sind literarische Formen einer *apologia pro vita sua*.

In *The Ballad of Reading Gaol* bleibt der einzelne durch die Gefühle des Mitleidens, der Sympathie und der Solidarität mit der Gemeinschaft verbunden. Schon die Perspektive, aus der das Schicksal des Delinquenten vergegenwärtigt wird, nämlich die Gesamtheit der übrigen Häftlinge, signalisiert eine völlig veränderte Betrachtungsweise. Zweifellos ist dieser Wandel aus den persönlichen Erfahrungen des Autors in »Humanity's machine« zu erklären. Leiden und Schmerz, an Leib und Seele erfahren, haben den Blick für Ungerechtigkeiten geschärft. Daraus resultierte der Protest gegen jede Art der Repression im Gewande der Legalität. Daß dabei mit der Anprangerung eines Mißstandes eine solch massive Apologie des Mörders verbunden ist, mag manchen allerdings bedenklich erscheinen.

In der kritischen Sicht bestehender Ungerechtigkeit liegt ein weiteres Element der Kontinuität, das Wildes *chant de cygne* mit seinem Essay *The Soul of Man under Socialism* verbindet.

Allerdings sollte man sich nicht über einen qualitativen Unterschied hinwegtäuschen: soziale Ungerechtigkeit war in dieser frühen Schrift ein intellektuell wahrgenommenes Phänomen, das durch die Aktivitäten Shaws und der *Fabian Society* eine gewisse modische Aktualität beanspruchen konnte. Demgegenüber vermittelte *Reading Gaol* eine Wirklichkeitserfahrung, die den Autor im Kern seiner Persönlichkeit traf und auf die er moralisch reagierte. Nur so lassen sich die Authentizität und Aufrichtigkeit deuten, mit welcher Gefühle beschrieben werden und Kritik sich entzündet. Der Leser spürt, daß es Wilde in erster Linie darauf ankommt, seinem Erleben dichterischen Ausdruck zu verleihen, weniger aber, einem bestimmten Publikum zu gefallen. Es gehört zu den Paradoxien seiner literarischen Entwicklung, daß ihm eines seiner künstlerisch überzeugendsten Werke erst dann gelungen ist, nachdem er sein Publikum verloren hatte und gleichsam *contre-coeur* von seiner ästhetischen Theorie am weitesten entfernt war.

Norbert Kohl

ZU DIESER AUSGABE

insel taschenbuch 1455
Oscar Wilde, Gedichte

Die Gedichte Oscar Wildes erschienen zuerst in folgenden Ausgaben: *Ravenna.* Newdigate Prize Poem. Recited in The Theatre, Oxford, June 26, 1878, Oxford: Thos. Shrimpton and Son 1878. *Poems,* London: David Bogue 1881.

Von den Gedichten, die außerhalb der ersten Sammlung von 1881 in verschiedenen Zeitschriften zwischen 1876 und 1898 erschienen sind, wurden die folgenden in Einzelausgaben veröffentlicht: *The Sphinx.* With decorations by Charles Ricketts, London: Elkin Mathews & John Lane 1894. *The Ballad of Reading Gaol,* by C. 3. 3., London: Leonard Smithers 1898.

Bibliographische Nachweise der einzelnen Gedichte befinden sich in: Stuart Mason [Christopher S. Millard], *A Bibliography of the Poems of Oscar Wilde.* Giving particulars as to the original publication of each poem, with variations of readings and a complete list of all editions, reprints, translations, & c., London: Grant Richards 1907.

Die Übertragungen der *Poems,* 1881 (mit Ausnahme von *Quantum mutata, The Garden of Eros, Ave Maria gratia plena, The Burden of Itys, Amor intellectualis, Impressions de théâtre, At Verona*): © Insel-Verlag Leipzig 1907.

Die Übertragungen der Gedichte *Ravenna* und die oben genannten Gedichte aus der Sammlung *Poems* stammen von Otto Hauser: © Insel-Verlag Anton Kippenberg Leipzig 1976.

Die Übertragung von *The Ballad of Reading Gaol* stammt von Elfriede Mund: © Insel-Verlag Anton Kippenberg Leipzig 1976.

Die Übertragungen der Gedichte, die außerhalb der Sammlung von 1881 erschienen sind, stammen von Norbert Kohl: © Insel Verlag Frankfurt am Main 1992.

Die Übertragungen der Gedichte stammen von Gisela Etzel (*Poems,* 1881, mit Ausnahme von *Quantum Mutata, The Garden of Eros, Ave Maria gratia plena, The Burden of Itys, Amor intellectualis, Impressions de théâtre, At Verona*), Otto Hauser (*Ravenna* und die oben genannten Gedichte aus der Sammlung *Poems*), Elfriede Mund (*The Ballad of*

Reading Gaol) und Norbert Kohl (Gedichte, die außerhalb der Sammlung von 1881 erschienen sind). Als englische Vorlage der Übertragungen diente die Erstausgabe der *Poems* (1881), die nicht immer mit dem Text der ersten Gesamtausgabe der Werke Wildes von 1908 übereinstimmt. So fehlen z. B. in den von Gisela Etzel übertragenen Gedichten *Magdalen Walks* die letzten drei Strophen, in *Athanasia* die letzte Strophe und in *La bella donna della mia mente* die dritte und die beiden letzten Strophen. Da die erste Sammelausgabe der Gedichte den vom Autor autorisierten Text enthält, hat der Herausgeber darauf verzichtet, die genannten Gedichte auf der Grundlage der Edition von 1908 neu zu übersetzen. Als Textvorlage der Gedichte, die außerhalb der Sammlung von 1881 veröffentlicht wurden, diente: *Complete Works of Oscar Wilde*. With an introduction by Vyvyan Holland, London/Glasgow 1966 [1948]. Wildes Versübertragungen aus dem Griechischen (*Chorus of Cloud Maidens*, ΘΡΗΝΩΔΙΑ, *A Fragment from the Agamemnon of Æschylos*) und aus dem Polnischen (*Sen Artysty; or, The Artist's Dream*) wurden nicht aufgenommen.

Hinweis: Als englische Leseausgabe der Gedichte empfiehlt sich: Oscar Wilde, *Poems and Essays*. With an introduction by Kingsley Amis, London/Glasgow: Collins 1956.

Eine ausführliche Auseinandersetzung mit Oscar Wilde und seinem Œuvre bietet: Norbert Kohl, *Oscar Wilde. Das literarische Werk zwischen Provokation und Anpassung*, Heidelberg: Carl Winter 1980.

Umschlagabbildung: The Hulton-Deutsch Collection, London.